国家古籍整理出版专项经费资助项目

明清小品丛书

A Series
of
Essays
in
Ming and Qing
Dynasties

郑板桥小品

〔清〕郑板桥——著

陈书良——注评

中州古籍出版社
·郑州·

图书在版编目(CIP)数据

郑板桥小品 /(清)郑板桥著;陈书良注评. —郑州:中州古籍出版社,2023.12
(明清小品丛书)
ISBN 978-7-5738-1070-0

Ⅰ.①郑… Ⅱ.①郑…②陈… Ⅲ.①小品文-作品集-中国-清代 Ⅳ.①I264.9

中国国家版本馆CIP数据核字(2023)第228459号

ZHENG BANQIAO XIAOPIN
郑板桥小品

出 版 人	许绍山
选题策划	梁瑞霞　何慧婷
责任编辑	何慧婷
责任校对	牛冰岩
美术编辑	曾晶晶
封面设计	黄桂敏

出 版 社	中州古籍出版社(地址:郑州市郑东新区祥盛街27号6层 邮编:450016　电话:0371-65788693)
发行单位	河南省新华书店发行集团有限公司
承印单位	河南瑞之光印刷股份有限公司
开　　本	787 mm×1092 mm　　1/32
印　　张	10.25
字　　数	205千字
版　　次	2023年12月第1版
印　　次	2023年12月第1次印刷
定　　价	54.00元

本书如有印装质量问题,请联系出版社调换。

前　言

一

郑燮（1693～1766），号板桥，江苏兴化人，清代杰出的艺术家，"扬州八怪"之一。郑板桥的名字，对人民群众来说并不陌生。人们对他的多才多艺津津乐道：他是一位著名画家，所画兰竹，摇曳多姿，名播中外；他又是著名书法家，自创的"六分半书"熔真、草、隶、篆于一炉，现在也还有人学"板桥体"；他的文学成就亦颇为可观，上海古籍出版社《郑板桥集》收入其家书、诗钞、词钞、小唱、序跋碑记、书信、题画等各体文章，亦庄亦谐，妙语连珠，领异标新，"老渔翁，一钓竿，靠山崖，傍水湾"，至今还在人们口头传唱。郑板桥像苏东坡、徐青藤一样,是中国历史上为数不多的具有多种天才的人物。无疑,这样的灵魂永远魅力四射,是我们民族文化史上值得骄傲的至宝。

郑板桥一生当然写过很多文章,他研精覃思而为的主要是制艺,亦即科举需要的八股文。而且,他的八股文应该写得很好,不然哪里来的"康熙秀才、雍正举人、乾隆进士"呢?然而可悲的是,历史大浪淘沙,这些"时文"绝大多数都没有留下来。倒是他那些率性而为的序跋碑记、书信、题画等文字,一代一代为人庋藏镌版。这些文章内容很庞杂,从体制上来看,都可归属于小品文一类。

二

对于板桥的小品文的评价,各种文学史是付之阙如的;倒是他自己在《尺牍》自序中自嘲说:

> 《板桥家书》,刻成于二年前,见者都说不好,《家书》不好,《尺牍》未必会好,如其刻成,不识字者拿去补窗糊壁,识字者厌恶叹气,又要说不好,作孽!作孽!何必!

何必！不如省下刻书钱去买酒吃，吾得之矣。虽然是就尺牍而言，似乎也包括了其他小品文字，当然这是负气之语。他在一则题画中就说道："掀天揭地之文，震电惊雷之字，呵神骂鬼之谈，无古无今之画，原不在寻常眼孔中也。"（《乱兰乱竹乱石与汪希林》）第一句、第三句应该是说自己的小品文字。细玩语意，不无自得。

板桥的小品文所涉及的内容是相当庞杂的，以家书为例，就是板桥在外客居或仕宦时，郑墨在兴化主持家计，弟兄间互通音问、纵谈人生、讨论学问、商量家事的记录。其他小品文字亦类如此。概括而言，板桥的小品文主要表现出郑板桥卓然异于流俗的思想。如平等观念，板桥主张要"爱人"，进而认为王侯将相并非天生龙种，他们与一般下层人并无多大区别，也应该是平等的。（《雍正十年杭州韬光庵中寄舍弟墨》）这种平等观念接近于人道主义观念。如《自在庵记》记述了僧众"耕渔之暇，持一畚一锸以修冢，而枯骨于兹有托矣"。他认为僧院照料这些卑微者的坟墓"深得佛理"。又如天道循环观，板桥近乎迂腐地笃信"彼祖宗贫贱，今当富贵，尔祖宗富贵，今当贫贱"，善因必有善果。（《雍正十年杭州韬光庵中寄舍弟墨》）再如农本思想，板桥甚至对天上的星宿进行了一番考究："织女，衣之源也；牵牛，食之本也。在天星为最贵。"（《范县署中寄舍弟墨第四书》）据此他在与郑墨的书信中再三强调农耕女红之事。他还在《题画竹》中剖析"眼中之竹""胸中之竹"与"手中之竹"的辩证关系，提出了新锐的艺术观点。关于板桥小品文的思想成就，在本书每篇文章的后面，我们都试图钩稽史实，用历史辩证法的观点加以评析，此处则无须赘言了。

三

以下试就板桥小品文的艺术特色略做说明。

其一，快人快语，直抒胸臆。明清以降，小品文字风靡一时，其中出类拔萃者甚夥，然大都以风流蕴藉见长，如板桥者却不多见。如题画文《靳秋田索画》开头一则：

> 终日作字作画，不得休息，便要骂人；三日不动笔，又想一幅纸来，以舒其沉闷之气，此亦吾曹之贱相也。今日晨起无事，扫地焚香，烹茶洗砚，而故人之纸忽至。欣然

> 命笔，作数箭兰、数竿竹、数块石，颇有洒然清脱之趣。其得时得笔之候乎！索我画偏不画，不索我画偏要画，极是不可解处，然解人于此但笑而听之。

将一个任情于世俗、劳碌于艺事的艺术家的形象，活脱脱地展示于大众面前。又如板桥家书熔政论、诗论、史论、文论、家训为一炉，信手拈来，有话即长，无话则短，不做作，不文饰，快人快语，直抒胸臆，无不可道之言，无不可言之事。如他认为："论文，公道也；训子弟，私情也。"（《仪真县江村茶社寄舍弟》）在这个前提下，他不愿子弟学韩非、商鞅、晁错刻削之文，褚遂良、欧阳询孤峭之书，及孟郊、贾岛、李贺寒瘦鬼怪之诗。他迂阔而坦率地承认这都是从子孙的富贵寿考着想，"私也，非公也"（《仪真县江村茶社寄舍弟》）。观点正确与否当然可以商榷，但这正是板桥小品文的可爱之处，也是其魅力所在。

其二，显示了深厚的骈俪功底。这当然得益于板桥早年对于"时文"的钻研。应该说，对于一些典雅的序记文来说，这种笔法与所要表现的主题是相得益彰的。如《〈花品〉跋》：

> 仆江南逋客，塞北羁人。满目风尘，何

知花月；连宵梦寐，似越关河。金尊檀板，入疏篱密竹之间；画舸银筝，在绿若红蕖之外。痴迷特甚，惆怅绝多。偶得乌丝，遂抄《花品》。行间字里，一片乡情；墨际毫端，几多愁思。书非绝妙，赠之须得其人；意有堪传，藏者须防其蠹。

板桥作文常骈散相间，使文气流转，免于呆滞。如《梅庄记》写主人与梅树相依相恋：

春明华放，主人载诗筒，陈酒垒，列茶具，或一人独往以领其神；或与客偕来，以广其趣；歌诗赠答，篇章重叠，酒盏纷纭。至于霜凄月冷，冰魂雪魄，淡烟浮绕于内外，主人徘徊其下，漏点频催，不忍就卧，盖念梅之寒，与同寒也。逮夫朝日将出，红霞丽天，与梅相映影射，若含笑，若微醉，梅亦呼主人，与之割暄分暖，不独享也。主人与梅，是一是二，谁能辨之？更有风号雨溢，电激雷奔，主人披衣而起，挑灯达旦，周遭巡视，视梅之安而后即安。

用六朝小赋的间架，配上骈散相间的行文，一唱三叹，引人入胜。

其三，明白晓畅，如与人语。明清士人书读

得多，于是炫耀学问、卖弄高深、掉书袋就成了他们写作小品文字的通病。板桥却迥然不同。他在《潍县寄舍弟墨第三书》中写道："又有五言绝句四首，小儿顺口好读，令吾儿且读且唱，月下坐门槛上，唱与二太太、两母亲、叔叔、婶娘听，便好骗果子吃也。"行文如同口语，神气毕肖，真可谓十八世纪的白话文。最令人拍案叫绝的是《板桥偶记》中写自己与饶五娘的情事，文字跌宕生动，旖旎动人，其中写自己到扬州雷塘作客，老媪以香茶相待：

> 其壁间所贴，即板桥词也。问曰："识此人乎？"答曰："闻其名，不识其人。"告曰："板桥，即我也。"媪大喜，走相呼曰："女儿子起来，女儿子起来！郑板桥先生在此也。"

喜出望外之情状，呼之欲出，老媪声口，惟妙惟肖，魅力丝毫不让说部。

板桥曾书联自道其创作甘苦云："删繁就简三秋树，领异标新二月花。"将它移为其小品文字的评语也是很恰当的。《松轩随笔》云："（板桥）集中家书数篇，皆世间不可磨灭文字。"正是指板桥这种"领异标新"、卓然异于流俗的文风。

四

最后,交代一下本书的版本选择及整理情况。

乾隆十四年(1749),郑板桥亲自编定诗钞、词钞、小唱、家书、题画,由门人司徒文膏刻梓印行。其中家书、题画属于本书的编选范围,可惜篇数太少。上海古籍出版社1979年版《郑板桥集》(简称上古本)内容分为家书、诗钞、词钞、小唱、题画、补遗、附录七个部分,其中家书、题画属于本书的编选范围;可贵的是,补遗部分含有序跋碑记、书札、题画等,都属于本书的编选范围,而且篇数可观。其后,湖南、吉林又分别出版过《郑板桥集》,但无论收文完备程度,抑或字句精审程度,都不如上古本。本书即以上古本为底本进行整理。

本书的选文标准兼顾文章的思想性和艺术性,从板桥小品文的内容方面分类,分为记传、杂论、序跋、题画、书札(包括家书)五卷。为便利一般读者阅读,在每篇文章的后面附有简注以及赏析文字。赏析中考证了该文的写作背景,并对其思想成就和艺术技法做了力所能及的阐述。囿于学识及史料的不足，谬误当在所难免，敬祈十方大德，不吝赐正。

2019年冬月陈书良于长沙听涛馆书寓

目 录

卷一 记传

梅庄记 /3

修潍县城记 /6

扬州杂记 /9

潍县永禁烟行经纪碑文 /14

文昌祠记 /16

城隍庙碑记 /19

书赠织文世兄 /24

自在庵记 /26

板桥自序 /28

刘柳村册子（残本） /32

卷二 杂论

论书 /39

论淡墨本　/41

板桥润格　/43

卷三　序跋

书欧阳修《秋声赋》后　/47

书道情词后　/49

题宋拓《圣教序》　/51

《南垞诗钞》序　/55

《李约社诗集》序　/58

《集唐诗》序　/60

题《程邃印谱》　/63

英雄本色印跋　/66

《花品》跋　/68

《扬州竹枝词》序　/70

《随猎诗草》《花间堂诗草》跋　/73

跋《临兰亭叙》　/78

跋《西畴诗稿》　/80

《四子书真迹》序　/82

跋《王李四贤手卷》　/86

《尺牍》自序　/87

前刻诗序　/89

后刻诗序　/90

《十六通家书》小引　／92

卷四　题画

竹（八则）　／95

为马秋玉画扇（三则）　／107

兰　／112

盆兰　／116

画盆兰送大中丞孙丈予告归乡　／118

丛兰棘刺图　／120

石（四则）　／122

兰竹石（二则）　／129

靳秋田索画（四则）　／132

乱兰乱竹乱石与汪希林　／138

竹石　／140

一笔石　／142

题画竹（十一则）　／143

题画兰、兰竹、兰竹石（十二则）　／154

兰竹松石卷　／164

枯木竹石轴　／165

题图清格兰石条幅　／167

题高凤翰菊石图轴　／169

题李鱓花卉蔬果册　／171

题李方膺画梅长卷　／173

题画竹（七则）　／175

题兰竹石（九则）　／183

画松赠肃公　／191

题高凤翰画册　／193

题高凤翰寒林鸦阵图　／195

卷五　书札

雍正十年杭州韬光庵中寄舍弟墨　／199

焦山读书寄四弟墨　／204

仪真县江村茶社寄舍弟　／208

焦山别峰庵雨中无事书寄舍弟墨　／215

焦山双峰阁寄舍弟墨　／221

淮安舟中寄舍弟墨　／224

范县署中寄舍弟墨　／229

范县署中寄舍弟墨第二书　／233

范县署中寄舍弟墨第三书　／237

范县署中寄舍弟墨第四书　／242

范县署中寄舍弟墨第五书　／248

潍县署中寄舍弟墨第一书　／254

潍县署中与舍弟墨第二书　／259

潍县寄舍弟墨第三书　／267

潍县寄舍弟墨第四书　　/272

潍县署中与舍弟墨第五书　　/275

焦山别峰庵与徐宗于　　/282

寄潘桐冈　　/285

范县署中寄吕楚生　　/288

范县答无方上人　　/291

潍县署中寄胡天游　　/294

潍县署中寄黄瘿瓢　　/296

潍县署中再寄李复堂　　/299

寄无方上人　　/302

与卢雅雨　　/305

答紫琼崖道人　　/308

枝上村寄金寿门　　/311

卷一 记传

文云乎哉！行云乎哉！神云乎哉！

修其文，懿其行，祀其神，斯得之矣。

梅庄记

广陵城东二里许,有梅庄,敬斋先生之业也①。先生性嗜梅,其家所植亦夥矣②。又构别墅于郊外,老梅数十亩矣,曰"梅庄",盖其嗜也。梅之古者百余年,其次七八十年,其次二三十年,虬枝铁杆,蠖屈龙盘。先生与梅最亲切,扑者立之,卧者扶之,缺者补之,茸者削之,根之拔者,筑土以培之;枝之远者,梁木以荷之③。梅亦发奋自喜,峥嵘硕茂,以慰主人之意。又尝伐他树枝以相撑柱;其柯得气而活,交枝接叶,与梅相抱,若连理焉。岂非气至而神,神而化之乎!

春明华放,主人载诗筒④,陈酒垒⑤,列茶具,或一人独往以领其神;或与客偕来,以广其趣;歌诗赠答,篇章重叠,酒盏纷纭。至于霜凄月冷,冰魂雪魄,淡烟浮绕于内外,主人徘徊其下,漏点频催,不忍就卧,盖念梅之寒,与同寒也。逮夫朝日将出⑥,红霞丽天,与梅相映影射,若含笑,若微醉,梅亦呼主人,与之割暄分暖,不独享也。主人与梅,是一是二,谁能辨之？更有风号雨溢，电激雷奔，主人披衣而起，挑灯达旦，周遭巡视，视梅之安而后即安。此岂有所勉强矫饰哉！其性之所嗜，有不知其然而然者也。其他苍松古柏，修竹万竿，为梅之挚交；檀梅放腊，为梅之先驰；辛夷涨天⑦，绣球扑地⑧，为梅之后劲；桃李丁香，江篱木芍，山榴桂菊，不可胜记，皆梅之附庸小国也。一亭一池，一楼一阁，一台一榭，一廊一柱，一栏一槛，一花一木，皆主人经营部署，出人意表之旨趣焉。

【注释】

①敬斋先生：其人不详，当为板桥朋友。

②夥：多。

③荷：撑柱。

④诗筒：盛放诗稿以便传递的竹筒。

⑤酒垒：酒具，放置酒壶、酒瓮的几案。

⑥逮：及。

⑦辛夷：香木名。

⑧绣球：绣球花，植物名。又称八仙花、紫阳花。落叶灌木。

【赏读】

敬斋先生应该是一位爱梅的风雅之士，于郊外构筑了一座梅庄，板桥为他写作了这篇《梅庄记》。

这篇记叙文文章虽短，层次却井然有致。第一层从开头到"岂非气至而神，神而化之乎"，叙述敬斋先生构筑梅庄的经过，用白描的笔触，细细写来，最后写到梅树枝与其他树枝"相抱"之况，引出"气至而神，神而化之"的结论，笔触暗暗离形入神。第二层从"春明华放"到"有不知其然而然者也"，师用范仲淹《岳阳楼记》的笔法，写"春明华放""霜凄月冷""朝日将出""风号雨溢"各种情况下，主人与梅树相依相赏相惜相扶的情景，笔墨生动，表达出"主人与梅，是一是二"的情怀，这样就自然上升到"其性之所嗜，有不知其然而然者也"的境界。第三层从"其他苍松古柏"到最后，补叙梅庄中的其他草木与其他建筑，既避免了疏漏，又写出其他草木只不过是梅树的"附庸小国"，而其他建筑只不过是主人"经营部署"，要表达"出人意表之旨趣"而已，仍然突出以梅为中心，归结到撰文的主旨。

修潍县城记①

天地有春必有秋，国家有治必有乱。狃于承平而不知积渐之衰、仓猝之变②，非智也。今天子圣仁，海内安静，而不思患预防，绸缪未雨③，岂非人而不如鸟乎！

潍县地界海滨，号称殷富，一旦有事，凡张牙利吻之徒，欲狼吞而虎噬者，潍其首也。前明末造④，赖诸绅士蠲输之力⑤，修造之功，知土城不足恃，易而石之。是以贼人屡窥，卒挫其锋，叹为无可如何而退。今之所修，不过百分之二三耳。量诸绅士出之不难，举行甚乐⑥。而本县先为之倡，首修城工六十尺，计钱三百六十千，即付诸荐绅⑦，不徒以纸上空名取其好看。其余各任各段，各修各工，本县一钱一物概不经手，但聿观厥成而已⑧。

乾隆戊辰九秋，郑燮题。

【注释】

①潍县:清时属山东莱州府。今称潍坊。
②狃(niǔ):习惯,因袭。
③绸缪未雨:即未雨绸缪,比喻事先做好准备。
④末造:末世。
⑤蠲(juān)输:捐献。蠲,通"捐"。
⑥举行:实施。指诸绅士乐于为修城集资。
⑦荐绅:缙绅。
⑧聿:助词,用于句首或句中。厥:文言代词,相当于"其"。

【赏读】

乾隆十一年(1746),板桥从山东范县调任潍县县令。潍县是个富庶的大县,因此,他的调任是令人艳羡的"荣调"。乾隆十三年(1748,戊辰)秋,修潍县城墙,县令郑板桥带头捐资并撰写了这篇《修潍县城记》。

这篇短文文风典实。开头九句,写"绸缪未雨"这一人所共知的大道理,看似离题,其实是高屋建瓴,揭橥修筑城墙的必要性。

接下来笔锋一转,具体写潍县,到"叹为无可如何而退",追溯潍县修城墙的历史及其在兵荒马乱时发挥的作用。随后写"今之所修"的概况,以及自己捐资的初衷。结句"本县一钱一物概不经手,但事观厥成而已"是极其平常的一句交代,现今读之,却令人叹服古人之淡泊明志。

扬州杂记

扬州二月,花时也。板桥居士晨起,由傍花村过虹桥,直抵雷塘,问玉勾斜遗迹①,去城盖十里许矣。树木丛茂,居民渐少,遥望文杏一株,在围墙竹树之间。叩门径入,徘徊花下。有一老媪,捧茶一瓯,延茅亭小坐②。其壁间所贴,即板桥词也。问曰:"识此人乎?"答曰:"闻其名,不识其人。"告曰:"板桥,即我也。"媪大喜,走相呼曰:"女儿子起来③,女儿子起来!郑板桥先生在此也。"是刻已日上三竿矣,腹馁甚,媪具食。食罢,其女艳妆出,再拜而谢曰:"久闻公名,读公词,甚爱慕,闻有《道情》十首,能为妾一书乎?"板桥许诺。即取淞江蜜色花笺,湖颖笔④,紫端石砚,纤手磨墨,索板桥书。书毕,复题《西江月》一阕赠之,其词曰:"微雨晓风初歇,纱窗旭日才温;绣帏香梦半朦腾⑤,窗外鹦哥未醒。蟹眼茶声静悄⑥,虾须帘影轻明⑦;梅花老去杏花匀,夜夜胭脂怯冷。"母女皆笑领词意。问其姓,姓饶;问其年,十七岁矣。有五女,其四皆嫁,惟留此女为养老计,名五姑娘。又曰:"闻君失偶,何不纳此女为箕帚妾⑧?亦不恶,且又慕君。"板桥曰:"仆寒士,何能得此丽人?"媪曰:"不求多金,但足养老妇人者可矣。"板桥许诺,曰:"今年乙卯,来年丙辰计偕,后年丁巳,若成进士,必后年乃得归,能待我乎?"媪与女皆曰:"能。"即以所赠词为订。明年,板桥成进士,留京师。饶氏益贫,花钿服饰,折卖略尽。宅边有小园五亩,亦售人。有富贾者,发七百金,欲购五姑娘为妾。其母几动,女曰:"已与郑公约,背之不义。七百两亦有了时耳⑨。不过一年,彼必归,请待之。"江西蓼洲人程羽宸,过真州江上茶肆,见一对联云:"山光扑面因朝雨,江水回头为晚潮。"傍写"板桥郑燮题"。甚惊异,问何人,茶肆主人曰:"但至扬州问人,便知一切。"羽宸至扬州,问板桥,在京,且知饶氏事,即以五百金为板桥聘资授饶氏。明年,板桥归,复以五百金为板桥纳妇之费。常从板桥游,索书画。板桥略不可意,不敢硬索也。羽宸年六十余,颇貌板桥,兄事之。

江秩文,小字五狗,人称为五狗江郎。甚美丽。家有梨园子弟十二人,奏十种番乐者。十二人皆少俊,主人一出,俱废矣。其园亭索板桥一联句,题曰:"草因地暖春先翠,燕为花忙暮不归。"江郎喜曰:"非惟切园亭⑩,并切我。"遂彻玉杯为寿。

常二书民有小园⑪,索板桥题句。题曰:"怜莺舌嫩由他骂,爱柳腰柔任尔狂。"常大喜,以所爱僮赠板桥,至今未去也。

王篛林澍,金寿门农,李复堂鱓,黄松石树谷、后名山,郑板桥燮,高西唐翔,高凤翰西园,皆以笔租墨税,岁获千金,少亦数百,以此知吾扬之重士也。

乾隆十二年,岁在丁卯,济南锁院⑫,板桥居士偶记。

【注释】

①玉勾斜:亦作"玉钩斜"。相传为隋炀帝葬宫女处,又名宫人斜。

②延:延请。

③女儿子:女儿。

④湖颖笔:湖州所产的毛笔。毛笔亦称毛颖,故云。

⑤朦腾:犹朦胧。

⑥蟹眼:蟹的眼睛。形容水初沸时所泛起的小气泡。

⑦虾须:指帘子。唐陆畅《帘》诗:"劳将素手卷虾须,琼室流光更缀珠。"

⑧箕帚妾:持箕帚的奴婢。借作妻妾之谦称。

⑨了时：用完之时。
⑩切：贴切。
⑪常二书民：常书民，兄弟中排行第二，板桥卖画扬州时的朋友。
⑫锁院：古时科举考试，考生进场后即关闭院门，以防舞弊。此处指乡试考场。

【赏读】

此文出于上海博物馆藏郑板桥行书《扬州杂记卷》。按，此卷纸本，纵18.1厘米，横158.3厘米，钤有"板桥""郑""燮"等印及褚德彝收藏印。据考证，此件是板桥真迹，为板桥于乾隆十二年（1747）在济南锁院所作。记述他在扬州的杂事共四则，事件互不相涉。乾隆二年（1737），即徐夫人殁后六年，板桥娶饶氏。时板桥已四十五岁，饶氏十九岁。乾隆九年（1744），饶氏产下一子，五十二岁的板桥为此十分高兴。关于这一段姻缘，文集、年谱及野史杂记均未载及，致使郑板桥不少诗词出现疑点。而此件的发现恰恰提供了这一姻缘的原委。

这段文字记叙了雍正十三年（1735），板桥在扬州卖画，虽处穷困落拓之境，而不乏访古寻幽之兴。就在一次到玉勾斜吊古撼怀的远足中，在一个恬静的乡村，竟邂逅一位惜才钟情的少女饶五娘，二人两情相谐，订下终身。后来虽遭波折，但五娘忠贞不贰，又得义士相助，才子佳人终成眷属。这段遇合极具传奇色彩，板桥自述更是东风得意，文字跌宕生动，人物对白声口毕肖，充满了生活气息。全文叙事与抒情结合，行文驱之以情，旖旎动人。

潍县永禁烟行经纪碑文

乾隆十四年三月,潍县城工修讫,谯楼、炮台、垛齿、睥睨①,焕然新整;而土城犹多缺坏,水眼犹多渗漏未填塞者。五六月间,大雨时行,水眼涨溢,土必崩,城必坏,非完策也。予方忧之。诸烟铺闻斯意,以义捐钱二百四十千,以筑土城。城遂完善,无复遗憾,此其为功岂小小哉!查潍县烟叶行本无经纪②,而本县莅任以来,求充烟牙执秤者不一而足③,一概斥而挥之,以本微利薄之故;况今有功于一县,为万民保障,为城阙收功,可不永革其弊,以报其功、彰其德哉?如有再敢妄充私牙与禀求作经纪者,执碑文鸣官重责重罚不贷④!

【注释】

①睥睨:城墙上锯齿状的短墙,亦曰女墙。

②经纪:语出《管子·版法》,意为经营、做生意。亦指介绍买卖双方交易,以获取佣金的中间商人。此处是

后义。

③牙：牙行，买卖中间人。清代寄生于商品流通领域中的居间经纪行业。

④鸣官：古代下民有事诉官，可以衙外击鼓，请求召见。

【赏读】

清代潍县产烟叶，烟行经纪主要是从烟农手中收购烟叶，分销外省、县。

此文分两层，第一层从开头到"此其为功岂小小哉"，叙述潍县烟行在修筑城墙捐资方面所做出的贡献。第二层写有感于此，作为县令，决定取缔烟行经纪，使烟行直接经营，不受盘剥。于是板桥亲手撰文书写，刻碑规定"如有再敢妄充私牙与禀求作经纪者，执碑文鸣官重责重罚不贷"。

这是一篇法规类的短文，用语平实，要言不烦，与要表达的内容有相得益彰之妙。

文昌祠记

文云乎哉①！行云乎哉！神云乎哉！修其文，懿其行，祀其神，斯得之矣。潍城东南角，旧有文昌帝君祠②，竦峙孤特，翘然为青龙昂首，阖邑之文风赖焉。乾隆年来，日就颓坏。今若不葺修，将来必致一砖、一瓦、一木、一石而无之矣。诸绅士慨然捐助，以复旧观，并觅一妥贴精干之人，以为朝夕香火、尘埃草蔓扫除之用，诚盛举亦要务也。既已妥侑帝君在天之灵③，便当修吾文、懿吾行，以付帝君司掌文衡之意。昔人云：拜此人须学此人，休得要混账磕了头去也。心何为闷塞而肥？文何为通套而陋？行何为修饰而欺？又何为没利而肆？帝君其许我乎！潍邑诸绅士，皆修文洁行而后致力以祀神者，自不与龌龊辈相比数。本县甚嘉此举，故爱之望之，而亦谆切以警之，是为民父母之心也。乾隆十五年，岁在庚午二月初十日，杏苑花繁之际。

【注释】

①云乎哉：云为助词，乎哉为语气词连用。

②文昌帝君：中国古代神话中主宰功名禄位的神，其在道教神仙体系中的地位紧随三清四御五老三官，是分管文事的最高神。道籍载其"掌文昌府事及人间禄籍"，是主管考试及助佑读书撰文之神，古代多为读书学子、考取功名者及官员所尊奉。故古时省、州、县城都建有文昌祠。

③妥侑（yòu）：安定。

【赏读】

这篇文章的文风与前《潍县永禁烟行经纪碑文》迥然不同，诙谐跳跃，文艺气息很浓。开头就以礼赞的口吻，拈出"文"（文化）、"行"（行为）、"神"（神祇），并顺势得出了"修其文，懿其行，祀其神"的结论，从而说明重修文昌祠的必要性。

接下来，文章又以平实的语言叙述了潍城文昌帝君祠的历史、颓坏及重修盛举。

"既已妥侑帝君在天之灵"后，文风陡变，不按一般公文结尾，申说"拜此人须学此人，休得要混账磕了头去也"，讥刺"龌龊辈"的同时，也褒扬了"修文洁行而后致力以祀神"的"潍邑诸绅士"。这段文章波澜起伏，摇曳生姿。

最后归结撰文之旨，于年月日后特地又加上"杏苑花繁之际"六字。按，潍县富商云集，人们以奢靡相尚，以攫财为荣，郑板桥莅任后，竭力提倡文事，力图"留取三分淳朴意，与君携手入陶唐"，因此在此文中期望切切，欣喜溢于言表。

城隍庙碑记[①]

乾隆十七年岁在横艾涒滩[②]、月在蕤宾[③]，知潍县事板桥郑燮撰并书。

一角四足而毛者为麟，两翼两足而文采者为凤，无足而以龃龉行者为蛇[④]，上下震电，风霆云雷，有足而无所可用者为龙，各一其名，各一其物，不相袭也。故仰而视之，苍然者天也；俯而临之，块然者地也。其中之耳目口鼻手足而能言、衣冠揖让而能礼者，人也。岂有苍然之天而又耳目口鼻而人者哉？自周公以来，称为上帝，而俗世又呼为玉皇。于是耳目口鼻手足冕旒执玉而人之；而又写之以金，范之以土，刻之以木，琢之以玉；而又从之以妙龄之官、陪之以武毅之将。天下后世，遂哀哀然从而人之，俨在其上，俨在其左右矣。至如府州县邑皆有城，如环无端，齿齿啮啮者是也；城之外有隍，抱城而流，汤汤汩汩者是也。又何必乌纱袍笏而人之乎？而四海之大，九州之众，莫不以人祀之；而又予之以祸福之权，授之以死生之柄；而又两廊森肃，陪以十殿之王；而又有刀花、剑树、铜蛇、铁狗、黑风、蒸鬲以惧之。而人亦哀哀然从而惧之矣。非惟人惧之，吾亦惧之。每至殿庭之后，寝宫之前，其窗阴阴，其风吸吸，吾亦毛发竖栗，状如有鬼者，乃知古帝王神道设教不虚也。子产曰："凡此所以为媚也，愚民不媚不信。"然乎！然乎！

潍邑城隍庙在县治西，颇整翼。十四年大雨，两廊坏，东廊更甚，见而伤之。谋葺新于诸绅士，咸曰："俞⑤。"爰是重新两廊，高于旧者三尺。其殿厦、寝室、神像、鼓钟筍虡⑥，以坚以焕，而于大门之外，新立演剧楼居一所。费及千金，不且多事乎哉！岂有神而好戏者乎？是又不然，《曹娥碑》云："盱能抚节安歌⑦，婆娑乐神。"则歌舞迎神，古人已累有之矣。诗云："琴瑟击鼓，以迓田祖⑧。"夫田果有祖，田祖果爱琴瑟，谁则闻知？不过因人心之报称，以致其重叠爱媚于尔大神尔。今城隍既以人道祀之，何必不以歌舞之事娱之哉！况金元院本⑨，演古劝今，情神刻肖，令人激昂慷慨，欢喜悲号，其有功于世不少。至于鄙俚之私，情欲之昵，直可置弗复论耳。则演剧之楼，亦不为多事也。总之，虑羲、神农、黄帝、尧、舜、禹、汤、文、武、周公、孔子，人而神者也，当以人道祀之；天地、日月、风雷、山川、河岳、社稷、城隍、中霤、井灶，神而不人者也，不当以人道祀之。然自古圣人亦皆以人道祀之矣。夫茧栗握尺之牛，太羹元酒之味，大路越席之素，瑚琏簠簋之华，天地神祇岂尝食之饮之驱之御之哉？盖在天之声色臭味不可仿佛，姑就人心之慕愿，以致其崇极云尔。若是则城隍庙碑记之作，非为一乡一邑而言，直可探千古礼意矣。董其事者，州同知陈尚志、田廷琳、谭信、郭耀章，诸生陈翠，监生王尔杰、谭宏。其余蠲资助费者甚夥⑩，俟他日摹勒碑阴，寿诸永久，愚亦未敢惜笔墨焉。

【注释】

①城隍：中国宗教文化中普遍崇祀的重要神祇之一，为儒教《周官》八神之一，也是中国民间和道教信奉的守护城池之神。其在冥界的职权略相当于阳界的县令。

②横艾：古代岁星纪年法中的岁阳名，指太岁在天干中第九位"壬"之年。涒滩：太岁在"申"为涒滩。

③蕤宾：古乐十二律之一。位于午，在五月，故又为农历五月的别称。

④龃龉（jǔ yǔ）：牙齿参差不齐，比喻意见不合、相抵触。

⑤俞：犹言然、是。

⑥笋（sǔn）：古代悬钟、磬的横木。虡（jù）：悬挂钟、磬的架子两旁的柱子。

⑦盱（xū）：曹娥之父名。

⑧迓（yà）：迎。

⑨金元院本：宋杂剧在宋、金南北分治之后，保留在北方并且得到发展的舞台艺术，其内容、形式、角色以及主要艺术特征与宋杂剧一脉相承。

⑩蠲（juān）：同"捐"。

【赏读】

郑板桥主潍时，竭力提倡文事，关心文化建设，对城区城隍庙、文昌帝君祠均主持进行了大规模的翻修；同时，又撰写碑文刻石以纪之。这篇文章就是这种背景下的产物。

文章的前半部分说理，板桥申述了他对一般宗教和神道的看法。在板桥看来，神有两类：一类是被神化了的人，例如黄帝、尧、禹、文王、孔子……由于人们的崇敬、效法而使之神化。另一类则是被人格化了的神，是一些难以理解的自然现象，例如天地、风雷、河岳、城隍……由于难以理解而感到神秘，产生敬畏，并赋予其人的形象。而宗教的作用，则是满足民众的感情，补偿赏善罚恶的愿望，还可以规范人民的思想行为，辅助教化的推行。板桥认为这便是古代帝王神道设教的原意。

他觉得宗教建筑的庄严、祭祀的烦琐,诚如郑国大夫子产所说:"凡此所以为媚也,愚民不媚不信。"

后半部分具体谈到潍邑城隍庙的修建,特别指出该工程"费及千金"。对此,板桥亦有独到的看法:"今城隍既以人道祀之,何必不以歌舞之事娱之哉!况金元院本,演古劝今,情神刻肖,令人激昂慷慨,欢喜悲号,其有功于世不少。"于此可见,板桥一切的着眼点都在于教育和美化,使人民的感情得到规导和宣泄。从而,也使得这篇碑文显得风骨峻拔,具有较高的思想价值。

书赠织文世兄

织文世兄,别去二十余年。余在山左①,常念念;君在江南,亦常想至吾山左。虽不果厥志②,而两心相思,无一刻忘也。乾隆丁丑,来高邮,方图买舟过访,而织文已荡桨而至,叩余寓斋。邀归村落,流连数十日,以偿廿年饥渴。织文极能诗,而谬爱拙作,辄能诵数十篇。不辞老丑,更录近草十数纸,为屏风帖以请教。昔太宗屏风摘古人嘉言懿行,而余自写其诗词,无知自大,真有愧古人,亦曰从主人之意耳。书毕系以诗:杭州只有金农好③,宦海长从李鱓游④;每到高山奇绝处,思君同倚树边楼。板桥老人郑燮。

【注释】

①山左:山东。

②厥:其。

③金农:字寿门,号冬心先生,浙江仁和(今杭州)人,书画家。

④李鱓：字宗扬，号复堂，江苏兴化人。康熙五十年中举，任清宫内廷供奉，后又出任山东滕县知县。因触犯权贵而罢官。金农、李鱓都名列"扬州八怪"，是板桥的朋友。

【赏读】

此文写于"乾隆丁丑"，即乾隆二十二年（1757），板桥时年六十五岁，此前罢官后退居兴化，亦时常往来维扬卖画。乾隆十八年，板桥的好友卢见曾出任两淮盐运使，自然成了主持扬州风雅的人物。乾隆二十二年，为了借助东南文士壮己声威，卢见曾发起了虹桥修禊。参加这次活动的文士达数千人，是扬州诗坛的一次盛会。大约是虹桥修禊刚罢，板桥又重访高邮，老朋友织文相邀，板桥为书屏风并题记。这篇短文平平叙来，深情厚谊却溢于言表，末一句"思君同倚树边楼"应该就是这次与织文相聚的情景。

自在庵记

兴化无山，其间菜畦瓜圃。雁户渔庄，颇得画家平远之意。一村一落，必有茅庵精舍，为高僧隐流焚修栖息之所①。而平望庄自在庵之建，不尽为此也。庵始于邑侯张公蔚生，廉明慈惠，念水乡穷民棺骨无葬地，于城北九里平望东偏买地为义冢，凡一十二亩三分。即于是庄建佛殿，招僧为住持；固以奉佛，实以修护穷民之冢也。张公去后，佛舍荒，冢地荡，过者伤之。慧圆上人毅然以重修为己任，众亦敬其素操，翕然从之②。爰造梵宇二十二间③。张公置田五十二亩，慧远置四十亩，晓达置十亩，计田一百二亩。而晓达之师、慧圆之徒祥元者，虽未有所创造，乾隆中叠遭水灾七八载，祥元竭力支持，使此庵不废，则其功亦不可不书也。山田足供僧众，而自在庵永不废矣。有庵有僧，耕渔之暇，持一畚一锸以修冢，而枯骨于兹有托矣。佛舍修、枯骨聚，而张公仁民爱物之心，传于千古矣。凡庵有兴有废，而是庵泽及枯骨，深得佛理，当久而弗替也。

【注释】

①焚修：焚香修行，泛指净修。
②翕（xī）然：聚集、趋附貌。
③梵宇：佛寺，此处指僧舍。

【赏读】

此文起笔疏淡，开篇带出自在庵。"而平望庄自在庵之建"又一笔抹倒，引出另义。自在庵的特点是"固以奉佛，实以修护穷民之冢"，这原本就具有动人的精神力量，不需要多加文饰，因此，板桥在写作风格上采取的是平铺直叙，不遗漏地罗列了建庵的僧俗人士。他设想以后自在庵"有庵有僧，耕渔之暇，持一畚一锸以修冢，而枯骨于兹有托"，可以良好地运转，于是，他得出了结论："是庵泽及枯骨，深得佛理，当久而弗替也。"应该说，这是对自在庵最好的评价。

板桥自序

　　板桥居士读书求精不求多，非不多也，唯精乃能运多，徒多徒烂耳。少陵七律、五律、七古、五古、排律皆绝妙①，一首可值千金。板桥无不细读，而尤爱七古，盖其性之所嗜，偏重在此。《曹将军丹青引》《渼陂行》《瘦马行》《兵车行》《哀王孙》《洗兵马》《缚鸡行》《赠毕四曜》，此其最者；其余不过三四十首，并前后《打鱼歌》，尽在其中矣。是《左传》，是《史记》，似《庄子》《离骚》，而六朝香艳，亦时用之以为奴隶。大哉杜诗，其无所不包括乎！

　　七律诗《秋兴》八首、《诸将》五首、《咏怀古迹》五首，皆由此而推之；五律诗《秦州杂诗》二十首、《咏物》三十余首、《达行在所》三首，皆由此而推之；五言古诗前后《出塞》、《新婚别》、《垂老别》、《无家别》、《北征》、《彭衙行》，以及排律之《经昭陵》《重经昭陵》《别严贾二阁老》《别高岑》，皆由此而推之。立志不分，乃疑于神。

板桥平生无不知己，无一知己。其诗文字画每为人爱，求索无休时，略不遂意，则怫然而去。故今日好，为弟兄，明日便成陌路。

紫琼崖主人极爱惜板桥②，尝折简相招③，自作骈体五百字以通意，使易十六祖式、傅雯凯亭持以来。至则袒而割肉以相奉，且曰："昔太白御手调羹④，今板桥亲王割肉，后先之际，何多让焉！"

板桥游历山水虽不多，亦不少；读书虽不多，亦不少；结交天下通人名士虽不多，亦不少。初极贫，后亦稍稍富贵，富贵后亦稍稍贫。故其诗文中无所不有。

陋轩诗最善说穷苦⑤，惜其山水不多，接交不广，华贵一无所有。所谓一家言，未可为天下才也。板桥诗如《七歌》，如《孤儿行》，如《姑恶》，如《逃荒行》《还家行》，试取以与陋轩同读，或亦不甚相让；其他山水、禽鱼、城郭、宫室、人物之茂美，亦颇有自铸伟词者。而又有长短句及家书，皆世所脍炙，待百年而论定，正不知鹿死谁手。

乾隆庚辰，郑燮克柔甫自叙于汪氏之文园⑥，与刘柳村册子合观之，亦足以知其梗概。

叹老嗟卑，是一身一家之事；忧国忧民，是天地万物之事。虽圣帝明王在上，无所可忧，而往古来今，何一不在胸次？叹老嗟卑，迷花顾曲⑦，偶一寓意可耳，何谆谆也！燮又记。

【注释】

①排律：律诗的一种。凡五言、七言诗除首尾两联外，中间对偶句在三联以上者称排律，也称长律。

②紫琼崖主人：康熙皇子允禧号，乾隆时晋封慎郡王，官宗室左宗正，平生酷爱诗画，喜近文士，遇板桥甚厚。

③折简：即写信。

④御手调羹：《新唐书·文艺列传中·李白》载，天宝初，玄宗在金銮殿召见李白，"帝赐食，亲为调羹"。

⑤陋轩：吴嘉纪，字宾贤，号野人，室号陋轩。清初诗人。诗作多反映贫民生活。

⑥克柔：郑燮字。汪氏：汪之珩，字楚白，号璞庄，板桥卖画扬州时的朋友，有园林名曰文园。

⑦顾曲：《三国志·周瑜传》："瑜少精意于音乐，虽三爵之后，其有阙误，瑜必知之，知之必顾，故时人谣曰：'曲有误，周郎顾。'"后因谓欣赏音乐戏曲为顾曲。此处意为自赏。

【赏读】

这是一篇札记式的小品，所叙各事似互不相涉，但又总缀于"自序"之下，亦即板桥的夫子自道，反映了板桥性格的方方面面。

一是唐代伟大的现实主义诗人杜甫,一生同情、关心人民,脉搏同时代一起跳动,呼吸同人民与共,"穷年忧黎元,叹息肠内热"(《自京赴奉先县咏怀五百字》),用自己的诗篇,记录了那个时代人民的悲欢,描绘了那个时代的历史画卷。而板桥,这位出身寒微、长期与下层人民为伍的诗人,似乎从杜甫诗中找到了知音,找到了抒写自我的方法。学杜,这是板桥一生坚定不移的追求。从《板桥自序》中所列举的杜诗的范目可以看出,板桥之学杜,不是学其形式,也不是学其技巧,而是学其注重现实,关心人民疾苦的精神。

二是板桥的交友和游历一任自然。而且,他以此自负。

三是关于自己文学成就的定位,他认为自己与同时代的大诗人吴嘉纪相比,在表现民间疾苦方面"不甚相让",而在题材的广泛性、体裁的多样性方面,他自认为吴不能及,"待百年而论定,正不知鹿死谁手"。

刘柳村册子（残本）①

板桥自京师落拓而归，作《四时行乐歌》，又作《道情》十首。四十举于乡，四十四岁成进士，五十岁为范县令，乃刻拙集。是时乾隆七年也。

《道情》十首，作于雍正七年，改削十四年，而后梓而问世。传至京师，幼女招哥首唱之②，老僧起林又唱之，诸贵亦颇传颂，与词刻并行。

拙集诗词二种，都人士皆曰："诗不如词。"扬州人亦曰："词好于诗。"即我亦不敢辩也。

游西湖，谒杭州太守吴公作哲，出纸二幅，索书画，一画竹、一写字。湖州太守李公堂见而讶之曰："公何得有此？"遂攫之而去。吴曰："是不难得，是人现在此，公至南屏静寺访之，吾先之作介绍可也。"次日，泛舟相访，置酒湖上为欢；醉后，即唱予《道情》以相娱乐。云："十年前得之临清王知州处，即爱慕至今，不知今日得会于此！"遂邀至湖，游苕溪、霅溪、卞山、白雀，而道场山尤胜也。府署亭池馆榭甚佳，皆吾扬吴听翁先生所修葺。

虎墩吴其相者，海上盐鳌户也③，貌粗鄙，亦能诵《四时行乐歌》；制酒为寿。同人皆以为咄咄怪事。

高丽国索拙书，其相李艮来投刺④，高尺二寸，阔五寸，厚半寸，如金版玉片，可击扑人。今存枝上村文思上人家，盖天宁寺西院也。

妙真正真人娄近垣与予善⑤，令其侍者十三郎歌予诗词，飘飘有云外之响。予爱之，遂举以赠。董耻夫亦令其歌《竹枝》焉。后三年，求去，泣不可留，仍返于娄。想其仙骨，不乐久住人世俗尘嚣热耶？

新安孝廉曹君，是墨人曹素功后裔⑥。尝持藏墨三十二挺，谒予易《词钞》一册，且云：“公有《官宦家》词：‘朝霞楼阁冷，尚牡丹贪睡，鹦哥未醒。’不但措词雅令，而一种荒淫灭亡之气，已藏其中，所以甚妙。”故乡曹公知言，故亦以词称。

紫琼崖道人，慎郡王也。赠诗：“按拍遥传月殿曲，走盘乱泻蛟宫珠。”愧不敢当，然亦佳句。

南通州李瞻云，吾年家子也⑦。曾于成都摩诃池上听人诵予《恨》字词，至"蓬门秋草，年年破巷；疏窗细雨，夜夜孤灯"，皆有赍咨涕洟之意⑧。后询其人，盖已家弦户诵有年。想是费二执御挟归耶？

《兰亭》六种枣木刻，《武王十三铭》八分书碑⑨，在范县。临济派满天下⑩,祖庭不修可悲也。予作碑以新之,在大名府东关外。潍县城隍庙碑最佳,惜其拓本少尔。

(中阙四页)

板桥貌寝⑪,既不见重于时,又为忌者所阻,不得入试。愈愤怒,愈迫窘,愈敛厉,愈微细,遂作《渔父》一首,倍其调为双叠,亦自立门户之意也。

板桥最穷最苦,貌又寝陋,故长不合于时;然发愤自雄,不与人争,而自以心竞。四十外乃薄有名,所谓诸生曰"万盈四十乃知名"也。其名之所到,辄渐加而不渐淡,只是中有汁浆耳。庄生谓:"鹏怒而飞,其翼若垂天之云。"古人又云:"草木怒生。"然则万事万物何可无怒耶?板桥书法以汉八分杂入楷行草,以颜鲁公《座位稿》为行款⑫,亦是怒不同人之意。

乾隆庚辰秋日,为柳村刘三兄书此十二页。

【注释】

①刘柳村册子:朋友刘三住柳村,板桥为他书此册页,称刘柳村册子。

②招哥:娼女名。板桥《寄招哥》:"十五娉婷娇可怜,怜渠尚少四三年。宦囊萧瑟音书薄,略寄招哥买粉钱。"

③盐鳌户：制盐的民户。

④投刺：投名片。

⑤妙真正真人娄近垣：江西人，光明殿道士，曾用符水治好雍正的病，被御封为"妙真正真人"，四品龙虎山提点。

⑥曹素功：清代四大制墨家之一，子孙世守其业三百余年，有"天下之墨推歙州，歙州之墨推曹氏"之美誉。

⑦年家子：指科考中同榜登科者的儿子。

⑧赍（jī）咨：叹息。涕洟：流鼻涕、眼泪。

⑨八分：汉隶的别名。板桥自创书体介于隶、楷之间，隶又多于楷，但不足八分，世称"六分半书"。

⑩临济派：即临济宗，禅宗五家之一，唐代义玄所创。因义玄住镇州滹沱河畔的临济院，故名。

⑪寝：容貌丑陋。《三国志·魏书·王粲传》："（刘）表以粲貌寝而体弱通侻，不甚重也。"

⑫颜鲁公：颜真卿，曾被封鲁郡公，世称颜鲁公。《争座位稿》是其行草代表作，雄浑酣畅，为世所重。

【赏读】

在这篇札记形式的记传资料中，板桥拉杂记述了自己文学和书画的成就、影响。因为所述均为平生得意之事，因此他挥洒春风之笔，写来精彩非常。

这篇札记记录了一些珍贵的史实，证明其作品影响巨大。高层如慎郡王、杭州太守、湖州太守等王侯官吏为其尺幅倾倒、争夺,低层如娼女招哥等传唱其道情及诗词,方外如老僧起林等是其"拥趸",粗鄙如海上盐鳖户亦能吟诵其《四时行乐歌》,辽远如高丽国丞相来投刺索书,散淡如墨人后裔、真人侍者都能背诵其诗词警句……这一切都说明,在写作此文的乾隆二十五年(1760)、板桥六十八岁时,他的作品已经"家弦户诵有年"了。

在这篇札记的后面,板桥承认自己的书画"怒不同人",而且透露了造成这样独特艺术风貌的原因之一是"既不见重于时,又为忌者所阻,不得入试。愈愤怒,愈迫窘,愈敛厉,愈微细",亦即人生遭际所致。无疑,这是板桥研究的可靠资料。

卷二 杂论

画竹多于买竹钱,纸高六尺价三千。
任渠话旧论交接,只当秋风过耳边。

论书

　　平生爱学高司寇且园先生书法①，而且园实出于坡公②，故坡公书为吾远祖也。坡书肥厚短悍，不得其秀，恐至于蠢，故又学山谷书③，飘飘有欹侧之势④，风乎？云乎？玉条瘦乎？元章多草书⑤，神出鬼没，不知何处起、何处落，其颠放殆天授，非人力，不能学，不敢学。东坡以谓超妙入神，岂不信然？蔡京字在苏、米之间⑥，后人恶京，以襄代之⑦。其实襄不如京也。赵孟頫⑧，宋宗室，元宰相，书法秀绝一时，予未尝学，而海内尊之。今四家书缺米，而补之以赵，亦何不可！板桥道人郑燮。

【注释】

　　①高司寇且园：高其佩，字韦之，号且园，清代画家。官至刑部侍郎，工诗，善指画。

　　②坡公：苏轼，字子瞻，号东坡居士，北宋著名文学家、书画家。

③山谷：黄山谷，即黄庭坚。宋代大诗人、书法家。
④攲（qī）侧：倾斜。
⑤元章：米芾，字元章。宋代大书画家。
⑥蔡京：北宋奸相，亦是书法家。
⑦襄：蔡襄，宋代书法家。与苏轼、黄庭坚、米芾，同为宋四大家。
⑧赵孟頫（fǔ）：字子昂，号松雪道人。元代著名书画家。本为宋宗室裔，仕元后官至翰林学士承旨、荣禄大夫，卒赠魏国公。

【赏读】

在这则短评中，板桥评论了高其佩、苏轼、黄庭坚、米芾、蔡京、蔡襄、赵孟頫诸家书法，切中肯綮。评论方法上有比较（如高其佩与苏轼、与黄庭坚），有商榷（如关于四大家的构成），评论笔法上则或提问或感喟，跌宕多姿，是一篇短小精悍的书论。

明末清初的书法家如祝允明、文徵明、王宠等，崇尚晋唐以来的法帖，将个人气质与古人面目融合起来变化，谓之"帖学"，继承、发展了宋元的书法传统。及至清代前期，统治阶级推崇董其昌、赵孟頫的书法，臣下也就投"一人"之所好，当时科举考试的试卷上的字要求"乌""方""光"的小楷，造成了一种庸俗、恶劣的"馆阁体"书风。从这则短评可以看出，板桥是力矫时弊、肯定"帖学"的。

论淡墨本[1]

古人作《兰亭序》《孔子庙堂碑》，皆作一淡墨本，盖见前贤用笔回腕余势，若深墨本，但得笔中意耳。今人但见深墨本，收尽锋芒，故以旧笔临仿，不知前辈书翰亦有锋锷，此不传之妙也。右军自言见秦篆及汉《石经》正书[2]，书乃大进，故知局促辕下者[3]，不知轮扁斫轮有不传之妙[4]。王氏以来，惟颜鲁公、杨少师得《兰亭》用笔意[5]。永思同社老长兄。板桥居士弟郑燮。

【注释】

①淡墨本：用淡墨擦拓得到的拓本。

②右军：指王羲之。王字逸少，官至右军将军、会稽内史，东晋大书法家，有"书圣"之称。

③局促辕下：形容拘谨如同拉车的马一样。局促，拘谨、拘束。辕下，车下。

④轮扁斫轮：出自《庄子·天道》，指代精湛的技艺。

轮扁,古代造轮的名匠,名扁,后用作名匠高手的代称。斫轮,用刀斧砍削木材,制造车轮。

⑤杨少师:指杨凝式,五代书法家。字景度,号虚白、癸巳人、希维居士等。唐末为秘书郎,历仕后梁、后唐、后晋、后汉、后周五朝,官至太子太保,人称杨少师。存世书迹有《韭花帖》《夏热帖》等。

【赏读】

这篇短论,纯属概括、引申宋黄庭坚书论,既然录与"永思同社老长兄",当然表示板桥自己高度赞同这一习书的经验之谈。全文揭橥"不传之妙",认为古人有所谓淡墨本,可以让人窥见书法家的"用笔回腕余势",而王羲之以后,只有颜真卿和杨凝式得到了这个"不传之妙"。

板桥润格[1]

　　大幅六两,中幅四两,小幅二两,条幅对联一两,扇子斗方五钱。凡送礼物食物,总不如白银为妙;公之所送,未必弟之所好也。送现银则中心喜乐,书画皆佳。礼物既属纠缠,赊欠尤为赖账。年老体倦,亦不能陪诸君子作无益语言也。

　　画竹多于买竹钱,纸高六尺价三千。任渠话旧论交接[2],只当秋风过耳边。乾隆己卯,拙公和尚属书谢客[3]。板桥郑燮。

【注释】

①润格:指书画家出售作品所列价目标准,亦称润例。

②渠:他。

③拙公和尚:法号拙樵,俗姓吴,徽州歙县人,扬州平山堂僧,后主天宁寺。是板桥的书画朋友。

【赏读】

《板桥自序》云:"其诗文字画每为人爱,求索无休时,略不遂意,则怫然而去。故今日好,为弟兄,明日便成陌路。"可以看出,某些人索求字画确实造成板桥极大的不快。于是,他采纳了拙公和尚的建议,自定书画润格。

需要补充说明的是,板桥并非一个贪财的吝啬鬼。他一贯乐善好施,在潍县任上时,还特地写信要郑墨关心、体恤贫苦的孩子。阮元《淮海英灵集》也说,板桥罢官归扬州后,"尝置一囊,银钱果食之类皆贮于内,遇故人子或乡邻之贫穷者,随所取而赠之"。

卷三 序跋

用墨之妙,当观墨迹,其浓淡燥湿,如火如花。
用笔之妙,当观石刻,其弱者强之,肥者瘦之,镌手亦大有力。

书欧阳修《秋声赋》后[①]

乙未九秋[②]，山中寻菊，感黄叶之半零，望孤云而不返；残阳水面，渺渺寒涛；古寺山腰，凄凄晚磬；栖鸦欲定而犹惊，凉月虽升而未倾。偶翻欧《赋》，爰录是篇。讽咏未终，百端交集。村醪数盏[③]，任凉露之侵衣；清梦半床，听山鸡之送晓。聊书所历，有愧前贤。板桥郑燮写于瓮山之□云轩[④]。

【注释】

①欧阳修：字永叔，号醉翁，又号六一居士，吉州吉水（今属江西）人，北宋大文学家，散文成就列唐宋八大家之一。《秋声赋》写于嘉祐四年（1059），作者时年五十三岁。在此之前，作者几度受贬，特别是"庆历新政"失败以后，他极感苦闷，加上健康状况不佳，于是萌生退隐的念头，《秋声赋》所表现的悲秋之感正是这种思想的反映。

②九秋：九月深秋。

③村醪：薄酒。醪，本指酒酿，引申为浊酒。

④瓮山：在今北京颐和园内，清乾隆时赐名万寿山。

【赏读】

这是一篇骈文形式的跋记。板桥说自己"偶翻欧《赋》，爰录是篇。讽咏未终，百端交集"，也就是说通过阅读欧集，与欧阳修产生了共鸣。然则欧阳修写《秋声赋》时年五十三岁，饱经宦海风波；而此文写于"乙未九秋"，亦即康熙五十四年（1715），板桥时年二十三岁，尚未涉足官场，这种共鸣当然不是政治层面上的共鸣。《秋声赋》极写秋之烈威，写它摧残草木的严酷景象，从而衬托出忧劳世事给人精神上、肉体上所带来的损害。欧阳修认为这种损害较之秋气摧折草木为甚。应该说，在这一点上，多愁善感的板桥产生了强烈的共鸣，因而书写了《秋声赋》，并留下了此篇跋记。

书道情词后①

雍正三年,岁在乙巳,予落拓京师②,不得志而归,因作《道情》十首以遣兴。今十二年而登第,其胸中犹是昔日萧骚也③。人于贫贱时好为感慨,一朝得志,则讳言之,其胸中把鼻安在④?西峰老贤弟从予游,书此赠之,异日为国之柱石,勿忘寒士家风也。乾隆二年人日,板桥郑燮书并识。

【注释】

①道情词:指《道情》十首。道情是曲艺之一种,因源出演唱道教故事的道曲,故名。板桥《道情》十首除因袭旧传统之外,对封建社会的险恶有较深刻的揭露。

②落拓:落魄。

③萧骚:指风雨声。唐郑谷《灯》:"萧骚寒竹南窗静,一局闲棋为尔留。"

④把鼻:凭据。明沈孚中《绾春园》传奇:"我与你纵是后会有期,将甚么做个把鼻?"

【赏读】

《道情》十首不过是触发感慨的引子而已，重新为友人"西峰老贤弟"书录《道情》十首是为了得志时"勿忘寒士家风"，这也是他与"西峰老贤弟"的共勉。此文作于乾隆二年，先一年板桥中了进士，仕途有望，所以写下这篇用世意味颇强且针砭时弊的跋语。

题宋拓《圣教序》①

此《圣教序》之未断本也。非复唐拓,亦是宋元间物。惜其拓手卤莽,伤于水墨,如"宇宙千劫,凡愚疑惑"等字皆漫漶,共两页十六行,入后则无不善也。自"微言广被"以下,其铿铄皆可观②。近世绛云楼藏本为最③,后入泰兴季沧苇家④,价六百金。何义门⑤、王蒻林两先生皆有善本⑥,曾见之。商丘宋氏本最明晰⑦,今归德州卢雅雨先生⑧,盖以二百六十金收之。此本不逮诸家,非时代之后,而拓者之咎也。昔为枣强郑氏物,今归板桥郑氏。乾隆廿四年七月十九日,橄榄轩主人燮记。

用墨之妙,当观墨迹,其浓淡燥湿,如火如花。用笔之妙,当观石刻,其弱者强之,肥者瘦之,镌手亦大有力。新碑不如旧碑,取其退火气。然三四百年后,过于剥落,亦无取焉。郑燮又记。

或问此帖与定武《兰亭》孰优劣⑨,愚曰:未易言也。《兰亭》乃一时高兴所至,天机鼓舞,岂复自知！如李广、郭汾阳用兵⑩，随水草便益处，军人皆各得自由，而未尝有失。至《圣教序》，字字精悍，笔笔严紧，程不识刁斗森严⑪，李临淮旌旗整肃⑫，又是一家气象。板桥郑燮。

"金钱帖"一钱易一字⑬，是杂凑来的，岂无大小参差，真草互异之病；却如一气呵成，定出高人部署。李北海《岳麓碑》及《云麾将军神道碑》皆出于此⑭，而姿媚愈多，骨力愈少。回视此帖，所谓"撼泰山易，撼岳家军难"矣。乾隆十七年寒食，潍县署中记。郑燮。

【注释】

①宋拓：宋代的拓本。凡摹拓金石、碑碣、印章之本，皆称拓本，即用纸紧覆在碑碣或金石等器物的文字或花纹上，用墨或其他颜色打出其文字、图形来的印刷品。拓本实物最早见于唐代，然存世稀少。宋拓拓工十分讲究，纸墨皆精良。《圣教序》：全名《大唐三藏圣教序》。唐太宗应玄奘之请作，叙玄奘至印度求佛经及在中土翻译传播之事。永徽四年（653），褚遂良书序，刻石于长安慈恩寺，世称《慈恩寺圣教序》。咸亨三年（672），弘福寺僧怀仁集晋王羲之字，刻序于碑，世称《集右军圣教序》。据郑氏行文，当指后者。

②铓铩：指笔锋。

③绛云楼：明末清初文人钱谦益、柳如是夫妻的藏书楼。

④季沧苇：季振宜，号沧苇，明末清初江苏泰兴人，著名藏书家、版本学家、校勘家。

⑤何义门：何焯，字屺瞻，晚号茶仙，江苏长洲人。先世曾以"义门"旌，故学者称义门先生。清代著名学者、藏书家。

⑥王蒻林：王澍，字若林，一作若霖、蒻林。江苏金坛人，官至吏部员外郎。清代书法家。

⑦商丘：原帖为邱，避孔丘讳。

⑧卢雅雨：卢见曾，字抱孙，号雅雨山人，山东德州人。工诗文，性度高廓，康熙时进士，官至两淮盐运使，是板桥的朋友。

⑨定武《兰亭》：《兰亭序》是东晋大书法家王羲之之名作，唐太宗得之，命人临拓。后北宋时发现刻石，置于定州州治。北宋亡，石亦散失。定州宋时属定武军，故称此石拓本为定武《兰亭》。

⑩李广：西汉名将，抗击匈奴，屡立战功，匈奴畏服，称之为"飞将军"，数年不敢来犯。郭汾阳：郭子仪，唐朝名将，平定"安史之乱"有功，封汾阳王。

⑪程不识刁斗森严：程不识，汉景帝时为边郡太守，与李广同御匈奴。李广治军简易，程不识治军严明，故云。

⑬李临淮：李光弼，唐朝名将，平定"安史之乱"有

功,进封临淮郡王。

⑭金钱帖:旧时书商仿名家字迹自刻的习字帖。

⑮李北海:李邕,字泰和,扬州江都人,一说武汉江夏人。唐玄宗时曾任北海太守,世称李北海。《麓山寺碑》(即《岳麓碑》)及《云麾将军神道碑》皆其代表作。

【赏读】

明末清初时兴"帖学",书法家们崇尚晋、唐以来的法帖,将个人气质与古人面目融合起来,风格千变万化。及至清代前期,当时科举考试的试卷上要求使用"乌""方""光"的小楷,造成了一种庸俗、恶劣的"馆阁体"书风。这是一方面。另一方面,乾隆年代文字狱猖獗,一般学者为全身远祸,大都钻进烦琐的考据圈子里,兼之清初以来,金石学大兴,汉、晋、南北朝碑刻出土较多,书法也就直接受到影响,在清代的书苑掀起了一股"碑学"的热潮。

郑板桥和高凤翰、丁敬、金农等人,就是最早开启学古碑风气的一批。这篇文章与他给郑墨的有关家书就是学碑确证。此次改革的结果是:金农以《国山碑》和《天发神谶碑》为基础,为书古朴奇拙,号称"漆书";板桥则创造了"六分半书",雄浑峭拔,与金农同时驰骋书坛,各具千秋。

《南垞诗钞》序

游山诗，以谢灵运、王维为最①，而少陵次之。彼其《发秦州》《入蜀》诸作，虽时时写景，而流离感慨之致，夹杂其中，是纪行，非游山也。惟谢与王，为当行本色，与郦道元《水经注》、柳子厚《石渠》《石涧》《铁炉步》《袁家渴》诸记②，可称古今四绝。处处挨写，尺寸万变，非躁心尽释，才学铸熔者，莫能为之。南垞老友，以家事付之阿郎，一心以诗酒山林为事。故其游山篇什，即事即景，即人即物，当境抓住，过即失之者，无不收之囊中，春容和谈③，曲折搜讨，盖有古人遗意焉。余不得远追谢、郦、王、柳之辈与之游，而南垞之游摄山④，入鸠江⑤，泛西湖，又不得执杖奉几以从其后，盖甚惜之。惟痛读其诗，浮一大白可也⑥。板桥郑燮。

【注释】

①谢灵运：祖籍陈郡阳夏（今河南太康），出生于会稽

(治今浙江绍兴),南朝宋诗人,袭封康乐公,是中国文学史上第一个全力创作山水诗的诗人。明人辑有《谢康乐集》。王维:字摩诘,河东蒲州(治今山西永济西南蒲州镇)人,唐代诗人,其山水诗为世所重推。曾任尚书右丞,有《王右丞集》。

②郦道元:字善长,范阳涿县(今河北涿州)人,北魏地理学家,撰有《水经注》四十卷。《水经注》文笔隽永,描写生动,既是一部严谨可信的地理学著作,也是一部优美的山水散文集,对中国游记文学贡献很大。柳子厚:柳宗元,字子厚,河东解县(今山西运城西南)人,唐代文学家,"唐宋八大家"之一,其山水游记为世所重推。

③春容:本义为撞击。《礼记·学记》:"善待问者如撞钟……待其从容,然后尽其声。"郑玄注:"从,读如'富父春戈'之春。春容,谓重撞击也。"又指钟声回荡相应,引申为雍容畅达之意。

④摄山:即南京栖霞山,有"金陵第一明秀山"之称。

⑤鸠江:地名不详,疑为安徽芜湖地区之鸠兹港。

⑥浮一大白:也作"浮白",满饮一大杯的意思。浮,罚酒。大白,大酒杯。

【赏读】

南坨是板桥的老友,为朋友的诗集写序当然是件愉快的事情。

本文分两层。第一层从开头到"莫能为之",写自己对山水诗的看法。板桥认为,南垞的山水诗最具价值,故他就以此作为评价《南垞诗钞》的基点。行文上高屋建瓴,先抬出谢、郦、王、柳"古今四绝"——这些当然是历史上毫无异议的山水圣手,从而提出了"当行本色"之见解。这样,也就提高了《南垞诗钞》的地位。

第二层具体评价《南垞诗钞》。先叙述其"古人遗意",再抒发自己的仰慕之情,文字跌宕,引人入胜。

《李约社诗集》序

康熙间，吾邑有三诗人：徐公白斋、陆公种园、李公约社①。徐诗颖秀，陆诗疏荡，李诗沉著。三君子相友善，又互为磋磨琢切，以底于成。徐则诗之外兼攻制艺，陆又以诗余擅场②，惟约社先生专治诗，呕心吐肺，抉胆搜髓，不尽不休。燮以后辈，从徐陆二公，谒约社于家。其时海棠盛放，命酒为欢。三公论诗，虽毫黍尺寸不相假也。是后，燮薄游四方，三君子相次下世，及归，无一存者。乾隆丙子春，有女奴捧约社先生集，属序于燮，且传其主母冯夫人之命。夫人为约社子媳，守节三十年，食贫茹苦，抱遗书、旧砚、残毫、破卷，不敢废。今又以心枯力竭之余，谋付剞劂③，不其伟哉！约社诗，一刻于南梁练氏，公之女。再刻于冯夫人，公之子媳。为李公者身后有人，亦不为不遇矣。种园词，扬州吴雨山刻之。白斋诗，未付梓人。安得好事者裒集三贤之诗④，合刻一处，以大行于四方，然后取酒于海棠花下，酹前辈而告之成，岂不大快！然余老矣，未知此愿得遂否也。乾隆丙子仲夏，后学郑燮为叙。

【注释】

①徐公白斋、陆公种园、李公约社：三人都为板桥的同里前辈诗人。其中，陆震，字种园，淡于名利，厌制艺，攻古文辞及行草书，诗工截句，诗余妙绝等伦。板桥十六岁时从陆学词。

②诗余：词的别名。

③攲劂：当作"剞劂"（jī jué）。雕刻用的曲刀和曲凿。引申为刻书。

④裒（póu）集：汇集，编辑。

【赏读】

李约社是板桥的同里前辈诗人，故此篇字里行间，饱含敬意。开头，文章简介了"吾邑三诗人"，回忆当年自己以后辈的身份，在"海棠盛放"的时候，"从徐陆二公，谒约社于家"。接下来就专写了三诗人相次下世后，约社诗集出版之艰难，写了其女、其媳相继竭力刻书的情况。这当然是足以令人动容的。最后拓开一笔，写希望能够将三贤之诗合刻出版，"然后取酒于海棠花下，酹前辈而告之成，岂不大快！"这一情景交融的笔墨又与前叙三贤之会面前后照应，相映成趣。

《集唐诗》序

　　集唐诗①，则必读唐诗，而且多读唐诗。自李、杜、王、孟、高、岑而外②，极幽极冷之诗，一旦火热，使得翻阅于明窗净几之间，此亦天地间一大快事也。读唐诗，则必钻其穴，剖其精，抉其髓，而后能集之。使我之心，即入乎唐人之心，而又使唐人之心，即为我之心。常觉千古之名流高士，俨聚一堂，此又天地间一大快事也。集唐之难，不得参差错落，谬托于古，必须五七言律，字字对仗精工，而又流利通活。往往有六句七句，独欠一句，左对右对，皆不得妥，三月两月，搔首搔耳，而其句不成。及一触忽然得之，如获异宝，如释滞疾，此又天地间一大快事也。

　　有时集句已成，颇自得意，而亦少有未安。良朋好友猝至，指之曰"某句未妥"，则心病一挑，不能藏匿。而又有一友从旁曰"以某句对之，何如"，顿觉天衣无缝，如铸成的，如树上结的，如圣叹之有斫山相资相助，皆得并传于世，此又天地间一大快事也。

唐君欣若③，自能诗，而又好集唐诗。集之久，而己诗俱废。盖以专一而得神奇者也。夫唐人之诗，旧诗也，读之千古常新，得君之集而更新，满纸皆陆离斑驳。今人之诗，新诗也，但觉满纸皆陈饭土羹。与为彼之作，正不如君之集也。问序于愚，愚何能序唐君之甘苦阅历，约略言之，非为唐君言之，为后之学诗学文者言之也。乾隆己卯，板桥郑燮撰。

【注释】

①集唐诗：集句诗的一种，从唐诗中集句组成诗。集句诗，又称集锦诗，就是从现成的诗篇中，分别选取现成的诗句，再巧妙组合而成的新诗。集句诗要求有完整的内容和崭新的主旨，要求符合诗词格律，要求上下一气，浑然天成。集句诗在宋代最为盛行。

②李、杜、王、孟、高、岑：指李白、杜甫、王维、孟浩然、高适、岑参，都是唐代著名诗人。

③唐君欣若：唐棣，字欣若，清代雍正乾隆年间文人，板桥的朋友。

【赏读】

唐欣若《集唐诗》成，请板桥作序。板桥笔走龙蛇，酣畅淋漓地用了四句"天地间一大快事也"以抒欣悦。

这四句实际上写出了集句诗再创造劳动的几个阶段。第一是读诗，尽可能多地熟悉诗句，丰富素材。第二是将符合"我心"的唐句"俨聚一堂"。第三是找不到合适诗句的烦恼，以及找到合适诗句的高兴。第四是朋友间集句交流的愉悦。板桥认为唐欣若"甘苦阅历"，因此他"为后之学诗学文者言之"。

题《程邃印谱》①

生客会宴,皆四方远地人也。有一人自赞曰:"吾乡有某先生能诗,某先生能书法,某孝廉、某进士、某翰林皆有文集行世可观。"言之累累,无一人应者。又有一人,与之树敌,自赞其乡人,亦复如是,亦无一人应者。其主人不得已曰"敬慕久仰",便请举酒。四字外,不能更著一字也。此等辈如虾螺蟆蛤,不能自为,何能为人?况其所称者,是亦虾螺蟆蛤而已哉!孟子曰:一乡之善友一乡②,一国之善友一国,天下之善友天下,而又上论千古。夫席中谈前辈者,必吾辈读书人,岂有读书而不读《孟子》者乎?何鹘突也③!东坡最好奖借文人④,以川蜀之遥,一奖山谷,西江人;一奖与可,湖州人;一奖少游,高邮人;一奖元章,襄阳人。其他如晁无咎、滕道达、毛东堂、姜尧佐、陈无已之流,皆非蜀产,而称道不置。纵横千里万里,夫岂井蛙夏虫之拘笃而已哉!燮,扬州人,穆倩亦扬州人。称其篆刻为四海一人,得无私甚?然此非一人之私言，而天下之公论也。设东坡当日眉州更出一才如东坡，亦必称道之不去口。乾隆庚辰，郑燮。

楷书必从八分书来，盖今书之母也。点画形象，偏旁假借，皆有名理。本朝八分，以傅青主为第一⑤，郑谷口次之⑥，万九沙又次之⑦，金寿门、高西园又次之⑧。然此论其先后，非论其工拙也。若论高下，则傅之后为万，万之后为金，总不如穆倩先生古外之古，鼎彝剥蚀千年也。板桥郑燮。

周栎园先生《印人传》八十余人⑨，以何雪渔、文三桥为首⑩。而往复流连，赞不容口者，则为垢道人，可谓知人特识矣。其《赖古堂印谱》近千颗⑪，分为四册，然皆方硬板重，如道人之浑古流媚者，百不得一。想道人亦深自贵重，不轻为人捉刀耶？板桥。

【注释】

①程邃：字穆倩，号青溪，别号垢道人，歙县（今属安徽）人。明末清初篆刻家、画家。

②一乡之善友一乡：此段文字出自《孟子·万章下》，原文为："一乡之善士斯友一乡之善士，一国之善士斯友一国之善士，天下之善士斯友天下之善士。……以友天下之善士为未足，又尚论古之人。"

③鹘突：糊涂。

④奖借：勉励推重。

⑤傅青主：傅山，初名鼎臣，字青竹，后改字青主，号真山等。明末清初书画家、学者。

⑥郑谷口：名簠，字汝器，号谷口。清代书法家。

⑦万九沙：名经，字授一，号九沙。清代书法家。

⑧金寿门：金农。高西园：名凤翰，字西园，号南村，晚号南阜山人，山东胶州人。清代书法家。

⑨周栎园：周亮工，字元亮，号栎园，祥符（今河南开封）人。官至福建按察使、户部侍郎。清代印章收藏家与研究家。

⑩何雪渔：名震，字主臣、长卿，号雪渔。明代篆刻家。文三桥：名彭，字寿承，号三桥。明代篆刻家。

⑪《赖古堂印谱》：周亮工编。赖古堂为其斋名。

【赏读】

这篇题记从侧面反映了板桥的印学观点。康、雍、乾时代，正是篆刻艺术发展的高潮。清秦祖永《桐阴论画》卷下云："（板桥）善刻印，笔力古朴，接近文、何。"可以肯定，板桥是擅长刻印的。秦祖永还将板桥所刻的"留伴烟霞"等十二方印章，与丁敬、金农、黄易、奚冈、蒋仁、陈鸿寿所刻印章及其边款辑为《七家印跋》，将板桥与丁敬等合称"雍嘉七子"。结合这篇题记对程邃的称道，以及对金农等人的肯定，虽然板桥所治印已不可见，但是其治印风格应属"浙派"一路。

英雄本色印跋①

羔堂四长兄有心力而爽朗不私,能任事而节廉自爱,开口见喉,视人如己,真英雄未有不本色者。板桥郑燮与之交,一见了然,久而不变,故觅旧石,令老桐刻"英雄本色"赠之②。

【注释】

①印跋:丁敬以后,刻印者常喜于印侧刻上边款,记录为谁治印及治印人、治印年月。更有朋友或后人看到前人刻的印之后,在已有的印侧边款之后,又刻上一些赞美感叹的文辞,或仅刻某某拜观、某某审定等,此谓之"印跋"。与书画上的跋语属于同一类。

②老桐:潘西凤,字桐冈,号老桐,浙江新昌人。精刻竹,穷困不遇,居扬州时尝与板桥过从。

【赏读】

《板桥先生印册》载有"郑为东道主"印,并有释文云:"凡作文者,当作主子文章,不可作奴才文章。"这篇短跋反映的正是板桥这种为人为艺的态度,亦即直率任性,他谓之"英雄本色"。

《花品》跋[①]

仆江南逋客[②],塞北羁人[③]。满目风尘,何知花月;连宵梦寐,似越关河。金尊檀板,入疏篱密竹之间;画舸银筝,在绿若红蕖之外[④]。痴迷特甚,惆怅绝多。偶得乌丝[⑤],遂抄《花品》。行间字里,一片乡情;墨际毫端,几多愁思。书非绝妙,赠之须得其人;意有堪传,藏者须防其蠹。雍正三年十月十九日,板桥郑燮书于燕京之忆花轩。

【注释】

①《花品》:《洛阳牡丹记》中品评花卉的篇章。《四库全书总目提要·子部二十五》:"二十四花品。《洛阳牡丹记》一卷,宋欧阳修撰。……是记凡三篇,一曰花品,叙所列凡二十四种。"(按,实只九种。)

②逋客:指隐士或官场失意的人。

③羁人:寄居在外的人。

④绿若红蕖:绿色香草红色荷花。若,杜若,香草名。

蕖，芙蕖，荷花。

⑤乌丝：乌丝栏，有黑色行界的绢纸。

【赏读】

　　这是一篇文采斐然的骈文，颇具六朝抒情小赋的风韵，表现出板桥深厚的骈文功底。"书非绝妙，赠之须得其人；意有堪传，藏者须防其蠹。"也就是说，这件作品有"堪传"者，有可藏者。这是作者的自负语，也是一篇之骨。

《扬州竹枝词》序①

秋云再削,瘦漏如文;春冻重雕,玲珑似笔。挟荆轲之匕首②,血濡缕而皆亡;燃温峤之灵犀③,怪无微而不照。招尤惹谤,割舌奚辞④;识曲怜才,焚香恨晚。盖广陵风俗之变,愈出愈奇;而董子调侃之文⑤,如铭如偈也。更有失路名流,抛家荡子,黄冠缁素,皂隶屠沽,例得载于诗篇,并且标其名目。譬夫酿家纪叟⑥,青莲动问于黄泉;乐部龟年⑦,杜甫伤心于江上。琵琶商妇,白老歌行⑧;石鼎轩辕,昌黎序次⑨。修翎已失,犹怜好鸟之音;碧叶虽凋,忍弃名花之本。酒情跳荡,市上呼驺;诗兴颠狂,坟头拉鬼。于嬉笑怒骂之中,具潇洒风流之致。身轻似叶,原不借乎缙绅;眼大如箕,又何知夫钱虏?乾隆五年九月朔日,楚阳板桥居士郑燮题。

【注释】

①竹枝词:一种诗体,是由古代巴蜀间的民歌演变而来

的。唐代刘禹锡将民歌变成文人的诗体，对后代影响很大。有些文人借竹枝词格调而写出七言绝句，文人气较浓，仍冠以"竹枝词"之名。

②荆轲：战国时期著名剑客。接受燕太子丹委派，假借献地图刺杀秦王，图穷而匕首现，刺秦王不中，当场被杀。

③温峤：东晋名士。据《晋书·温峤列传》载，温峤来到牛渚矶，见水深不可测，便燃点犀角照看。只见水下灯火通明，水怪奇形怪状。当晚温峤梦见有人责怪他不该燃点犀角。后来不过十天，他便死了。后遂以"温峤燃犀"喻洞察事物。

④割舌：相传西晋时有一天竺僧人来到中国，常常表演将舌头割断而复接完好的把戏。

⑤董子：董伟业，字耻夫，沈阳人，《扬州竹枝词》的作者。

⑥酿家纪叟：擅长酿酒的纪姓老翁。李白《哭宣城善酿纪叟》云："纪叟黄泉里，还应酿老春。"

⑦乐部龟年：指唐代著名音乐家李龟年。杜甫晚年流落江湘，曾作《江南逢李龟年》："岐王宅里寻常见，崔九堂前几度闻。正是江南好风景，落花时节又逢君。"

⑧白老歌行：指唐代诗人白居易所作《琵琶行》。该诗记述了一位夜弹琵琶的商妇的凄凉遭遇。

⑨昌黎：唐代文学家韩愈，字退之，自谓郡望昌黎，世称韩昌黎。唐初发现周宣王时的遗物石鼓（石鼎），韩愈作

《石鼓歌》以纪之。

【赏读】

董伟业流寓扬州,作《扬州竹枝词》九十九首,求板桥作序。

本文骈俪行文,一开始用了四个典故,说明"广陵风俗之变,愈出愈奇"。接下来,又以李白、杜甫、白居易、韩愈事典文辞,骈列入文,虽然未免有点过誉,然而不仅使这篇序文文质彬彬,而且也抬高了朋友董伟业。

从序文看来,董伟业的竹枝词应该不仅记录了扬州风物,更具有文人情怀、文人风骨。据《扬州画舫录·新城北录》云:"(董伟业《扬州竹枝词》)有古风人讥刺之意,而无和平忠厚之旨,论者少之。"板桥别具只眼,一反流俗,挺身而出为之作序。文末云:"身轻似叶,原不借乎缙绅;眼大如箕,又何知夫钱虏?"应该是板桥对董伟业的竹枝词最高的评价。

《随猎诗草》《花间堂诗草》跋

紫琼崖主人者①,圣祖仁皇帝之子、世宗宪皇帝之弟、今上之叔父也②。其胸中无一点富贵气,故笔下无一点尘埃气。专与山林隐逸、破屋寒儒争一篇一句一字之短长,是其虚心善下处,即是其辣手不肯让人处。

学问二字,须要拆开看。学是学,问是问。今人有学而无问,虽读书万卷,只是一条钝汉尔。琼崖主人读书好问,一问不得,不妨再三问,问一人不得,不妨问数十人,要使疑窦释然,精理迸露。故其落笔晶明洞彻,如观火观水也。

善读书者曰攻、曰扫。攻则直透重围,扫则了无一物。紫琼道人深得读书三昧,便有一种不可羁勒之处。试读其诗,如岳鹏举用兵③,随方布阵,缘地结营,不必武侯八阵图矣④。

曰清、曰轻、曰新、曰馨。偶然得句,未及写出,旋又失之,虽百思之不能续也。又有成局已构,及援笔兴来,绝非□□,若有神助者。主人深于此道,两种境地，集中皆有。

一兽奔来万众呼，是大景；毡帏戏插路傍花，是小景。偶然得之，便尔成趣。

《五经》、《廿一史》、《藏》十二部，句句都读，便是呆子；汉魏六朝、三唐、两宋诗人，家家都学，便是蠢才。紫琼道人读书精而不骛博，诗则自写性情，不拘一格，有何古人，何况今人！

主人深居独坐，寂若无人，辄于此中领会微妙。无论声色子女不得近前，即谈诗论文之士亦不得入室。盖谭诗论文⑤，有粗鄙熟烂者，有旁门外道者，有泥古至死不悟者，最足损人神智，反不如独居寂坐之谓领会也。

紫琼道人□□□□□渊默自涵，一旦心花怒发，便如太华峰头十丈莲矣⑥。

他人作诗何其易，主人作诗何其难？千古通人，总是此个难字。他人检阅旧诗辄便得意，主人检阅旧稿辄不自安，即此不自安处，所谓前途万里长也。

问琼崖之诗已造其极乎？曰：未也。主人之年才三十有二，此正其勇猛精进之时。今所刻诗，乃前矛，非中权⑦，非后劲也。执此为陶谢复生，李杜再作，是诡谀之至，则吾岂敢！

英伟俊拔之气，似杜牧之；春融澹泊之致，似韦

□□，□□清远之态，似王摩诘；沉□□□□，似杜少陵、韩退之。种种境地，已具有古人骨干。不数年间，登其堂、入其室、探其钥、发其藏矣。

主人有三绝：曰画、曰诗、曰字。世人皆谓诗高于画，燮独谓画高于诗，诗高于字。盖诗、字之妙，如不云之月，带露之花。百岁老人，三尺童子，无不爱玩。至其画，则荒河乱石，盲风怪雨，惊雷掣电，吾不知之，主人亦不自知也。世人读其诗，更读其画，则不知足之蹈之，手之舞之。

此题后也，若作叙，则非燮之所敢当矣。故段段落落，随手写来，以见不敢为序之意。乾隆七年六月二十五日，板桥郑燮谨顿首顿首。

【注释】

①紫琼崖主人：慎郡王允禧，字谦斋，号紫琼道人，又号紫琼崖主人，康熙第二十一子。据《清史稿·列传七》载："允禧诗清秀，尤工画，远希董源，近接文徵明。"他是一位多才多艺的人物，也是板桥的朋友。

②圣祖仁皇帝：康熙皇帝。世宗宪皇帝：雍正皇帝。

③岳鹏举：岳飞，字鹏举，南宋抗金名将。

④武侯：蜀汉诸葛亮，字孔明，封为汉武乡侯，世称武侯。八阵图：相传为诸葛亮所布，聚石成堆，纵横排列。

⑤谭：同"谈"。
⑥太华：西岳华山，在陕西华阴。
⑦中权：中军。

【赏读】

慎郡王允禧与板桥交往颇深，而且从他们的往来诗作可以看出，板桥走上仕途，允禧亦曾出力斡旋。这篇为允禧《随猎诗草》《花间堂诗草》所作的跋文表达了板桥对允禧人品、才识的异常钦羡，尽管未免近谀，但也生动地反映了二人深厚的情谊。

跋文一开始就点出允禧身为皇族贵胄，竟"与山林隐逸、破屋寒儒争一篇一句一字之短长"，这令板桥非常倾倒。板桥喜爱允禧的勤学好问："一问不得，不妨再三问，问一人不得，不妨问数十人，要使疑窦释然，精理迸露。"如此精勤，当然诗文大佳。他评允禧诗："曰清、曰轻、曰新、曰馨。"自写性情，不拘一格，"有何古人，何况今人"！板桥认为允禧诗之所以有此境界，与其苦吟是分不开的。"主人深居独坐，寂若无人，辄于此中领会微妙。无论声色子女不得近前，即谈诗论文之士亦不得入室。"至于允禧诗已达何种火候，板桥则认为其诗"已具有古人骨干"，"所刻诗，乃前矛，非中权，非后劲"，因为"主人之年才三十有二，此正其勇猛精进之时"，还有较大的发展、提升空间。

最后，板桥又进而对允禧诗、书、画进行综合的比较评论，认为"主人有三绝：曰画、曰诗、曰字。世人皆谓诗高于画，燮独谓画高于诗，诗高于字"。从允禧留下的墨迹看，书法确系平平。应该说，板桥所言是知交之论。

跋《临兰亭叙》①

黄山谷云：世人只学兰亭面，欲换凡骨无金丹。可知骨不可凡，面不足学也。况兰亭之面，失之已久乎！板桥道人以中郎之体②，运太傅之笔③，为右军之书④，而实出以己意，并无所谓蔡钟王者，岂复有兰亭面貌乎！古人书法入神超妙，而石刻木刻千翻万变，遗意荡然。若复依样葫芦，才子俱归恶道。故作此破格书以警来学，即以请教当代名公，亦无不可。乾隆八年七月十八日，兴化郑燮并记。

【注释】

①兰亭叙：亦称《兰亭序》《兰亭集序》。晋永和九年（353）三月初三日，时任会稽内史的"书圣"王羲之，与友人谢安、孙绰等四十一人在会稽山阴（今浙江绍兴）的兰亭雅集，饮酒赋诗。王羲之将这些诗赋辑为一集，并作序一篇，记述流觞曲水一事，并抒发内心感慨。这篇序文就是《兰亭序》。在书法艺术史上，这篇序文被公认为"天下第一

行书"。

②中郎:官名。此处指蔡邕,东汉文学家、书法家,因其曾任左中郎将,世称蔡中郎。

③太傅:官名。此处指钟繇,汉末政治家、书法家,曾任太傅。

④右军:官名。此处指王羲之,东晋书法家,曾任右军将军。

【赏读】

这篇文章实际上是一篇书法短论。

什么是"面"?"面"就是形式,亦即书法作品显示出来的点画、肥瘦、布局。若仅学习形式,那当然是低层次所为,更何况"兰亭之面,失之已久乎"。因此板桥提出,坊间"石刻木刻千翻万变,遗意荡然。若复依样葫芦,才子俱归恶道"。而只有在学"骨"上下大力气,才有可能"入神超妙"。在这种理念的支持下,他"以中郎之体,运太傅之笔,为右军之书"。亦即在临写右军《兰亭序》时,加入自己曾学习过的各家之长,"出以己意",这才是学习书法的正确之道。

跋《西畴诗稿》①

其气深矣,其养邃矣。以香山温逸之笔②,烹炼而入于王孟③。观其柬马半槎及崇川诸作,皆布帛菽粟之文,自然高淡,读之反覆想见其人。板桥弟郑燮拜手。

【注释】

①西畴:方士,号西畴。据《扬州画舫录》卷四云:"方士,字右将,士庶同母弟。业盐淮南,居扬州,于北郊寿安寺西筑西畴别业,因号蜀泉,又号西畴。"

②香山:唐代诗人白居易,字乐天,晚号香山居士。

③王孟:唐代诗人王维与孟浩然。二人诗风自然高淡,是唐代山水诗派的代表。

【赏读】

方士是板桥的朋友,板桥认为其诗是由白居易而入王孟,亦即由"温逸"而入"自然高淡",这当然是指其诗风的形成。之所以能如此,是因为方士"其气深矣,其养邃矣"。这是知己之论。最后一句"读之反覆想见其人",感情就溢于言表了。

《四子书真迹》序①

板桥生平最不喜人过目不忘,而《四书》《五经》自家又未尝时刻而稍忘;无他,当忘者不容不忘,不当忘者不容不不忘耳。戊申之春,读书天宁寺②,呫哔之暇③,戏同陆、徐诸砚友赛《经》□生熟④。市坊间印格,日默三五纸,或一二纸,或七、八、十余纸;或兴之所至,间可三二十纸。不两月而竣工。虽字有真草讹减之不齐,而语句之间,实无毫厘错谬。固诵读之勤,亦刻苦之验也。

孔夫子删书,圣也;秦始皇烧书,暴也。则非始皇与孔子,前人著作,不得妄加芟除矣。近见有腐儒老伧⑤,以全《礼》不便幼学,甚且不便两闱⑥,简而为《礼注》,又简而为提要,为心典,殊可痛恨。夫使《礼》果可删,前人亦何必著之为经?既已著之为经,吾人复从而删之,不几欲法孔子而师始皇乎?可乎,不可乎?而要之亦无足深怪。此老伧腐儒之见,亦仅为不便幼学,不便两闱。夫不便幼学,则其见不出乎小儿；不便两闱，则其见不过望着中举、中进士，做个小官，弄几个钱养活老婆儿女。以言夫日月经天，江河行地，处而正心诚意，出而致君泽民，其义固茫乎莫辨也。而必沾沾焉与之论可删不可删，亦何异馈聋以声，谕瞽以色！

黄涪翁有杜诗抄本⑦，赵松雪有《左传》抄本⑧，皆为当时欣慕，后人珍藏，至有争之而致讼者。板桥既无涪翁之劲拔，又鄙松雪之滑熟，徒矜奇异，创为真隶相参之法，而杂以行草，究之师心自用⑨，无足观也。博雅之士，幸仍重之以经，而书法之优劣，万不必计。

【注释】

①《四子书真迹》：玩其语意，应为游戏之作，是板桥与几位同学背抄经书的作品。

②天宁寺：在江苏兴化。雍正六年戊申之春，板桥三十六岁，曾在此读书，准备应试。

③呫哔（chè bì）：指读书。

④陆、徐诸砚友：指板桥的同学陆白义、徐宗于等。

⑤老伧（cāng）：伧父，鄙陋之人。

⑥两闱：指科举时代的乡试和会试。

⑦黄涪翁：即黄庭坚，北宋著名文学家、书法家，字鲁

直,号山谷道人、涪翁。

⑧赵松雪:即赵孟頫,南宋末至元初诗人、书画家,字子昂,号松雪道人。

⑨师心自用:任性纵情,自以为是。

【赏读】

雍正六年戊申之春,三十六岁的板桥与同学陆白义、徐宗于等为了准备应试,在天宁寺习学制艺。为了比赛记诵经文的生熟,他们常从坊间买回一沓沓方格纸来默写经文。本文就源起于此,并记录了这一真实体验。

文章分三段。第一段从开头到"亦刻苦之验也",记述了《四子书真迹》的产生。可以看出,板桥背记文章是有选择的,当记则记,不当记则弃去。这是板桥的经验之谈。对重要的经书用默写的办法来增强记忆,这样既背了书又练了字,同时作为同窗间的比赛游戏,又活跃了枯寂的读书生活。

第二段从"孔夫子删书"到"谕罄以色"。板桥认为经书是不得"妄加芟除"的,他反对那些注解、提要之类学习经书的方法,认为"此老伧腐儒之见",远不如自己与同窗默写经书。

第三段从"黄涪翁有杜诗抄本"到文末,写默写经书这一偶然游戏之作,给板桥带来了书艺上的领悟。板桥鄙松雪而喜涪翁，以原有的楷书为基础，掺杂着行、草、古隶与八分书的架构和笔致，逐渐形成了他别具一格的书法风格。他自称为"六分半书"。这一成果看似无意中得之，实则是板桥长期积累而一朝感悟的结果。这篇游戏之作的序文就生动地记录了这一艺术创造的过程。

跋《王李四贤手卷》

物不旧则火气逼人。古人之佳诗佳书，装潢于数十年之后，其纸皆有古色，书法诗意，更复杳然藐然也①。王李四贤，为吾邑诗字文章弁冕②，当数十世宝贵之。乾隆丙子，后学郑燮题。

【注释】

①杳然藐然：幽寂深远的样子。
②弁冕：弁、冕皆古代男子冠名，引申为居首。

【赏读】

王李四贤应该是板桥的乡前辈，所以本跋文字里行间透露出敬慕之情，文末署名也是"后学郑燮"。

《尺牍》自序

板桥之尺牍,不是古文,不是今文,要说便说,随意写来;尺牍只是尺牍而已。朋友书札往还,信笔乱涂,历年既久,共有百数十通,或不曾留底,或底稿久已遗失,及今搜检,只存五十五通,春长无事,重行抄成一本,藏之家中,使将来子孙看看,不欲刻也。

《板桥家书》,刻成于二年前①,见者都说不好,《家书》不好,《尺牍》未必会好,如其刻成,不识字者拿去补窗糊壁,识字者厌恶叹气,又要说不好,作孽!作孽!何必!何必!不如省下刻书钱去买酒吃,吾得之矣。乾隆壬申板桥自题。

【注释】

①二年前:指乾隆十四年(1749)己巳,是年始刻《板桥家书》。

【赏读】

　　这是一篇妙趣横生的自序，首先交代了《尺牍》结集的由来，以极其明白晓畅的语言，说明自己将《尺牍》结集只是想留给子孙看看，"不欲刻也"。

　　接下来，板桥的情绪似乎一下子被闲言点燃，生动诙谐地发泄自己的心情，其语言之跳跃，文情之任性，声口毕肖，真可以说是"前无古人"了。

前刻诗序

余诗格卑卑①,七律尤多放翁习气②。二三知己屡诟病之,好事者又促余付梓。自度后来亦未必能进,姑从谀而背直③,惭愧汗下,如何可言!板桥自题。

【注释】
①诗格:诗的风格、格调。这里指诗歌思想内容和艺术形式所达到的高度。
②放翁习气:南宋诗人陆游,字务观,号放翁。有论者认为其诗"粗豪"。《仪征县志·人物志》谓板桥"作诗不拘体格,兴至则成,颇近香山、放翁"。
③从谀而背直:谓听从付梓之劝而不顾诟病之语。

【赏读】
板桥《刘柳村册子》云:"四十举于乡,四十四岁成进士,五十岁为范县令,乃刻拙集。是时乾隆七年也。"可知本文所谓"前刻诗"是指乾隆七年板桥任职范县时的刻本。

后刻诗序

　　古人以文章经世,吾辈所为,风月酒花而已。逐光景,慕颜色,①嗟困穷,伤老大,虽刳形去皮,搜精抉髓②,不过一骚坛词客尔,何与于社稷生民之计、三百篇之旨哉③!屡欲烧去,平生吟弄,不忍弃之。况一行作吏,此事又束之高阁。姑更定前稿,复刻数十首于后,此后不作矣。板桥又题。
　　板桥诗刻止于此矣,死后如有托名翻板,将平日无聊应酬之作,改窜烂入④,吾必为厉鬼以击其脑。

【注释】

　　①逐光景,慕颜色:指描写风月花草、饮宴歌舞、男女情爱之作。
　　②刳形去皮,搜精抉髓:谓舍其表面,求其实质。刳,剔除。
　　③三百篇之旨:指《诗经》反映现实的讽喻精神。
　　④改窜烂入:谓改头换面,混入其中。

【赏读】

　　本文所谓"后刻诗"是指乾隆十三四年之际板桥任职潍县时的刻本。

　　诗序除交代版本源流外，要言不烦，没有套话。末尾更警告后人，神气活现，十足的板桥文风。

《十六通家书》小引

板桥诗文,最不喜求人作叙。求之王公大人,既以借光为可耻;求之湖海名流,必至含讥带讪,遭其荼毒而无可如何,总不如不叙为得也。几篇家信,原算不得文章,有些好处,大家看看;如无好处,糊窗糊壁,覆瓿覆盎而已①,何以叙为!

乾隆己巳,郑燮自题。

【注释】

①覆瓿(bù)覆盎:谦称自己的文章写得不好,只配用来盖瓦罐子。瓿、盎,均为陶制器皿,小口、广腹,俗称瓦罐。

【赏读】

乾隆十四年(1749),郑板桥的门人司徒文膏将板桥的十六通家书刻板印行,于是板桥乃有此作。小引,即小序。短短几句话,亦能感受到作者的满腹牢骚。

卷四 题画

掀天揭地之文,震电惊雷之字,呵神骂鬼之谈,无古无今之画,原不在寻常眼孔中也。

竹（八则）

一

余家有茅屋二间①，南面种竹。夏日新篁初放②，绿阴照人，置一小榻其中，甚凉适也。秋冬之际，取围屏骨子③，断去两头，横安以为窗棂；用匀薄洁白之纸糊之。风和日暖，冻蝇触窗纸上，冬冬作小鼓声。于时一片竹影零乱，岂非天然图画乎！凡吾画竹，无所师承，多得于纸窗粉壁日光月影中耳。

【注释】

①余家：此处指兴化东门外的板桥老家。
②新篁：幼竹。
③围屏骨子：即围屏架，竹木所制。

【赏读】

本则写夏日新篁，写色（绿阴）、声（冻蝇触窗纸)、光(日光)、影(竹影、月影),凸显出作者敏锐的艺术感受力。在细微地体察了如此生动的自然后,板桥得出了一句经验之谈:"凡吾画竹,无所师承,多得于纸窗粉壁日光月影中耳。"亦即师造化,师自然。

板桥处在雍乾之世的扬州,恰处于重师造化的黄山派和重师古人的虞山派、娄东派之间。在历史的选择中,八怪都弃虞山派、娄东派而选择了黄山派。不过,板桥师造化的动机,有一点是与众不同的。那就是他的非科班出身及对农家的感情。板桥绘画无师承,全凭自学,使其养成了重视写生、向自然学习的习惯。与农家至密的关系,使其从小对田野自然风光耳濡目染,体察入微。

二

一节复一节,千枝攒万叶。我自不开花,免撩蜂与蝶。

昨自西湖烂醉归,沿山密篠乱牵衣,摇舟已下金沙港,回首清风在翠微。

【赏读】

这实际上是两首题画诗。前一首写竹之节操,后一首写竹之风姿。

三

江馆清秋^①，晨起看竹，烟光日影露气，皆浮动于疏枝密叶之间，胸中勃勃遂有画意^②。其实胸中之竹^③，并不是眼中之竹也^④。因而磨墨展纸，落笔倏作变相，手中之竹又不是胸中之竹也^⑤。总之，意在笔先者，定则也；趣在法外者，化机也。^⑥独画云乎哉！

【注释】

①江馆：江边馆舍。

②勃勃：旺盛的样子。

③胸中之竹：系指经画家的审美尺度衡量过的、渗透着画家主观因素的艺术典型。

④眼中之竹：系指未经画家思想评价、感情过滤的自然景物在画家头脑里的映像。

⑤手中之竹：系指经过画家艺术实践物化了的自然美的形象。

⑥意在笔先者，定则也；趣在法外者，化机也：谓画竹先立意，即胸有成竹，这是艺术创作的法则之一，但下笔时却可临阵变化，产生出立意时预想不到的情趣。

【赏读】

这则题记揭示了艺术创作中观察、构思与创作三者的辩证关系。

北宋苏轼《文与可画筼筜谷偃竹记》云:"故画竹必先得成竹于胸中,执笔熟视,乃见其所欲画者。急起从之,振笔直遂,以追其所见,如兔起鹘落,少纵则逝矣。与可之教予如此,予不能然也,而心识其所以然,夫既心识其所以然而不能然者,内外不一,心手不相应,不学之过也。"在这里,苏轼提出了"胸有成竹"这句著名的"千古不传语"。(汪之元《天下有山堂画艺》)

板桥在自己的创作实践中,通过细心的观察和体验,对这个问题做出了比苏轼更透彻的解释。这则题记用十分朴素的语言,论述了绘画立意的三部曲。第一步,先对描写对象进行观察和体验,由"自然之竹"到"眼中之竹",获得直观的印象。第二步,由获取的直观印象,经过大脑的形象思维,进行去伪存真,去粗取精,提炼概括以构成艺术意象,并从中提炼出主题,加以整体构思,企图通过笔墨表现出来。这一步就是把"眼中之竹"变为"胸中之竹"的过程,也就是常说的"胸有成竹"或"意在笔先"。第三步,把"胸中之竹"变为"手中之竹",亦即把胸中的意象之竹,通过手表现在纸上,形成作品，这是创作成败的关键。因为文人画往往追求离形得似，所以在由"胸中之竹"变为"手中之竹"的转移过程中，意象经过高度提炼剪裁，带有很大的主观随意性，而绝不是"胸中之竹"的再现或刻意摹写。

四

文与可画竹①，胸有成竹；郑板桥画竹，胸无成竹。浓淡疏密，短长肥瘦，随手写去，自尔成局，其神理具足也②。藐兹后学，何敢妄拟前贤。然有成竹无成竹③，其实只是一个道理。

【注释】

①文与可：文同，字与可，号笑笑居士、笑笑先生，人称石室先生。北宋画家。擅画墨竹。苏轼的朋友，苏轼写有《文与可画筼筜谷偃竹记》。

②神理：神态和理趣。

③有成竹：谓创作前预先构思成熟。无成竹：谓创作时临时构想，亦即即兴而作。两者都需要平日有深厚的积累，对创作对象烂熟于胸中。

【赏读】

这则题记并非反对"胸有成竹"，而是在肯定"胸有成竹"的前提下，又提出了"胸无成竹"这一独创的命题。这是一个十分重要的发现，同时也是对苏轼"胸有成竹"论的补充和发挥。

艺术家创作过程中，有些作品完全是"随手写去"，便能"自尔成局"。究其原因，恐怕主要与艺术家"学"与"养"的积累分不开。艺术家通过长期的生活积累，把大千世界的物象经过主观裁剪，收摄于胸中，化为艺术意象素材。同时又广涉经史、画论，明于画理，兼之气质陶冶，养神养气的人生修炼，使人生、艺术化为一体，技进于道，道合大化，自然能使内外如一，心手相合，臻于自由之境。从这个角度讲，"胸有成竹"与"胸无成竹"其间并没有任何界域，完全是一个道理。

板桥这一发挥，辩证地解决了艺术创作中的这一理论难题，闪烁着板桥的真知灼见。

五

文与可墨竹诗云："拟将一段鹅溪绢①，扫取寒梢万尺长。"梅道人云②："我亦有亭深竹里，也思归去听秋声。"皆诗意清绝，不独以画传也。不独以画传而画益传。燮既不能诗，又不能画，然亦勉题数语：雷停雨止斜阳出，一片新篁旋剪裁。影落碧纱窗子上，便拈毫素写将来③。言尽意穷，有惭前哲。

【注释】

①鹅溪绢:四川盐亭西北鹅溪地产之绢,宋时即为书画所重。

②梅道人:吴镇,字仲圭,号梅花道人。元代画家,善画山水、墨竹。绘著有《竹谱》。

③毫素:指画笔和白绢。

【赏读】

这则题记的主旨还是师自然、师造化。从所引文、吴诗句尤其是末尾的七绝可以看出:板桥师造化,实际上是师胸中之造化;板桥师自然,实际上是师从大千世界摄取的、通过主观选择的神化的自然。这种师自然、师造化,肇于自然、造化,而又高于自然、造化,其内核是自然、造化的神韵、神理。"雷停雨止斜阳出"一绝,便是他对师自然、师造化的理解和体认。

六

与可画竹,鲁直不画竹①,然观其书法,罔非竹也②。瘦而腴,秀而拔;③欹侧而有准绳④,折转而多断续。吾师乎!吾师乎!其吾竹之清癯雅脱乎⑤!书法有行款,竹更要行款⑥;书法有浓淡,竹更要浓淡;书法有疏密，竹更要疏密。此幅奉赠常君酉北⁷。酉北善画不画，而以画之关纽，透入于书。燮又以书之关纽⁸，透入于画。吾两人当相视而笑也。与可、山谷亦当首肯。

【注释】

①鲁直：黄庭坚，字鲁直，号山谷道人、涪翁，北宋书法家、文学家。

②罔非：无非。

③瘦而腴，秀而拔：瘦里有丰腴，秀丽而挺拔。

④欹侧：倾斜。

⑤"其吾竹"句：这句意谓自己的画竹风格学习了黄山谷的书法，有清癯雅脱之风。清癯雅脱，苗条脱俗。

⑥行款：文字书写和排列的程序、格式。如横写竖写、左起右起之类。

⑦常君酉北：常执桓，字友伯，号酉北，一号菜畦，江都（今治扬州）人。见《扬州画舫录》卷二、卷十二。

⑧关纽：要领。

【赏读】

这则题记谈的是学习古人的问题。

学古人笔墨，画家必须自具眼光，独出机杼，有所取舍，不是死摹而应当活化，所谓"师其意不在迹象间"。从这一观点出发，板桥对古人的借鉴，可谓是别开生面，左右逢源。

诚如此则所述"与可画竹，鲁直不画竹"，师古人之心，达到通会，便可在古人之迹中，处处发现艺术之关纽，而以此关纽透于画中，便可收到意外之效，此可谓板桥画外之法。

七

徐文长先生画雪竹①，纯以瘦笔破笔燥笔断笔为之，绝不类竹；然后以淡墨水钩染而出，枝间叶上，罔非雪积，竹之全体，在隐跃间矣。今人画浓枝大叶，略无破阙处，再加渲染，则雪与竹两不相入，成何画法？此亦小小匠心，尚不肯刻苦，安望其穷微索渺乎②！问其故，则曰：吾辈写意③，原不拘拘于此④。殊不知写意二字，误多少事。欺人瞒自己，再不求进，皆坐此病。必极工而后能写意，非不工而遂能写意也。

【注释】

①徐文长：徐渭，字文长。明文学家、书画家。山阴（今浙江绍兴）人。屡应乡试不中，后为总督胡宗宪幕僚，对儒家某些传统观念不满。胡因事下狱，他惧受牵连，曾一度发狂，自戕不死。晚号青藤道士。其诗文恣肆奇纵，自称

书法第一,擅行草。

②穷微索渺:谓探求绘画之奥妙。

③写意:中国画的一种画法,笔墨放纵,简练,着重神似。

④拘拘:受约束的样子。

【赏读】

这则题记仍然谈学习古人的问题,板桥认为,其极致就是略其迹而"师其意"。板桥画竹已臻绝境,徐渭"不甚画兰竹",但板桥仍精心研习徐渭的雪竹笔法。实际上,板桥的画竹瘦而腴,秀而拔,清光拂面,潇洒逼人,不仅超过了徐渭,而且笔法、章法也不是青藤一路,这当然只可从"师其意"来领会。板桥从徐渭用瘦笔、破笔、燥笔、断笔来抒发"倔强不驯之气",探索自己如何巧妙地吸取其笔意,来抒发自己的胸中块垒。"师其意"就是取"神似"。

八

石涛画竹①,好野战②,略无纪律,而纪律自在其中。燮为江君颖长作此大幅③,极力仿之。横涂竖抹,要自笔笔在法中,未能一笔逾于法外。甚矣石公之不可及也!功夫气候,僭差一点不得④。鲁男子云⑤:

"唯柳下惠则可⑥,我则不可;将以我之不可,学柳下惠之可。"余于石公亦云。

【注释】

①石涛:原姓朱,名若极,明靖江王朱亨嘉之子。明末清初著名画家。曾出家为僧,法名原济,字石涛,号清湘陈人,又号苦瓜和尚、大涤子等。晚年定居扬州,以卖画为生。善画山水、兰竹,笔意恣肆,脱尽窠臼,极富创新。

②野战:谓战阵不依常法。

③江君颖长:江颖长,名春,号鹤亭,歙县(今属安徽)人。初为仪征诸生,工制艺,精于诗。后居扬州,多置亭台别墅,广征奇花异草。见《扬州画舫录》卷十二。

④僭差:超过和不及。

⑤鲁男子:《诗经·小雅·巷伯》毛传云:"鲁人有男子独处于室,邻之嫠妇(寡妇)又独处于室,夜,暴风雨至而室坏,妇人趋而托之,男子闭户而不纳。"

⑥柳下惠:春秋时鲁国大夫,展氏,名获,字禽。鲁僖公时人,因食邑柳下,谥惠,故称柳下惠。《荀子·大略》云:"柳下惠与后门者同衣而不见疑。"意谓柳下惠为人正派,为了不使一女子受凉,用衣服把她裹在自己怀里,别人并不怀疑他有歹心。

【赏读】

这则题记谈论学习石涛的问题。

石涛与徐渭的身世和经历不同，他是明宗室，后出家做了和尚，想忘怀尘世，又不能决然自拔。亡国之痛，故国之思，途程坎坷，使他思想深处充满着矛盾。在他的作品中，往往充满伤感、牢骚、愤懑，是一位具有大胆革新与创造精神的杰出的绘画大师。石涛画竹，大多乱中求法，随手写去，不事依傍，而野逸神出。

板桥倾心石涛，但是他毕竟没有超越时代，他生活在"乾隆盛世"，没有经历石涛那种国破家亡的惨祸剧痛，他有的只是内心理想与社会现实冲突的矛盾，故较之石涛、徐渭，板桥相对温和。在艺术上则表现为，板桥虽对石涛的思想、艺术主张倾心备至，但却只得心摹，而不得手追。也就是说，板桥并非如石涛横涂竖抹，以野战取胜，而是在对石涛作品的悉心研究揣摩中，悟出石涛法外取法的艺术创造精神，并将其融会贯通于自己的创作。"甚矣石公之不可及也！"在这则题记中板桥俏皮地将这种情况比喻为鲁男子对柳下惠的钦慕："唯柳下惠则可，我则不可；将以我之不可，学柳下惠之可。"

为马秋玉画扇（三则）①

一

缩写修篁小扇中，一般落落有清风②。墙东便是行庵竹③，长向君家学化工④。时余客枝上村，隔壁即马氏行庵也。

【注释】

①马秋玉：清乾隆时人，官主事（又称主政）。《扬州画舫录》卷四载："马主政曰璐，字秋玉，号嶰谷，祁门诸生。居扬州新城东关街。好学博古，考校文艺，评骘史传，旁逮金石文字。……所与游皆当世名家。四方之士过之，适馆授餐，终身无倦色。著有《沙河逸老诗集》。"

②落落：豁朗。

③行庵：《扬州画舫录》卷四载："行庵，马主政家庵也。在枝上村西偏，今归御花园，门在枝上村竹径中。"

④化工：谓天然所形成，犹云"天工"。

【赏读】

这实际上是一首题画诗。前两句写画竹,后两句写自然之竹。

二

小院茅堂近郭门,科头竟日拥山尊①。夜来叶上萧萧雨,窗外新栽竹数根。燮常以此题画,而非我诗也。吾师陆种园先生好写此诗②,而亦非先生之作也。想前贤有此,未考厥姓名耳。特注明于此,以为吾曹攘善之戒③。

【注释】

①科头:不戴帽子。山尊:即酒杯。加"山"字,表示饮酒人隐居不仕的身份。

②陆种园:陆震。重修《兴化县志·人物志·文苑》云:"陆震,字仲子,一字种园。……淡于名利,厌制艺,攻古文辞及行草书。……诗工截句,诗余妙绝等伦。郑燮从之学词焉。"

③攘善:掠美之意。

【赏读】

这则题记劝诫"攘善"。板桥坦率地承认自己常用来题画的一首诗并非己作。接下来他语含诙谐,说"吾师陆种园先生好写此诗,而亦非先生之作也",幽了"吾师陆种园先生"一默。这也是题记常用的游戏笔法。

三

余画大幅竹好画水,水与竹,性相近也。少陵云:"懒性从来水竹居①。"又曰:"映竹水穿沙②。"此非明证乎!渭川千亩③,淇泉绿竹④。西北且然,况潇湘云梦之间⑤,洞庭青草之外⑥,何在非水,何在非竹也!余少时读书真州之毛家桥⑦,日在竹中闲步。潮去则湿泥软沙,潮来则溶溶漾漾⑧,水浅沙明,绿荫澄鲜可爱。时有鲦鱼数十头⑨,自池中溢出,游戏于竹根短草之间,与余乐也。未赋一诗,心常养养⑩。今乃补之曰:风晴日午千林竹,野水穿林入林腹。绝无波浪自生纹,时有轻鲦戏相逐。日影天光暂一开,青枝碧叶还遮覆。老夫爱此饮一掬⑪,心肺寒僵变成绿。展纸挥毫为巨幅,十丈长笺三斗墨。日短夜长继以烛,夜半如闻风声、竹声、水声秋肃肃⑫。

【注释】

①懒性从来水竹居：见杜甫《奉酬严公寄题野亭之作》。

②映竹水穿沙：见杜甫《秦州杂诗》之十三。

③渭川千亩：渭水中下游秦州一带多竹。《史记》云："有渭川千亩竹，与千户侯等。"后用以形容竹之繁茂。

④淇泉绿竹：《诗·卫风·淇奥》："瞻彼淇奥，绿竹猗猗。"朱熹《诗集传》："淇，水名。奥，隈也。"

⑤云梦：古泽薮名。据《汉书·地理志》等汉魏人记载，云梦泽在南郡华容（今湖北潜江西南）南。晋以后的经学家将云梦泽的范围扩大，一般把洞庭湖一带包括在内。

⑥洞庭：我国五大天然湖泊之一，在湖南北部。青草：即青草湖，又名巴丘湖，在洞庭湖东南，由湘水汇聚而成。

⑦真州之毛家桥：据道光刊本《仪征志》，毛家桥在县东北三十五里，临近江都。

⑧溶溶漾漾：大水流动貌。

⑨鲦（tiáo）鱼：又名鲨。身体小，侧扁，呈条状，灰白色。生活在淡水中，为鲤科鱼类。

⑩养养：底本作"痒痒"。忧愁貌。《诗·邶风·二子乘舟》："中心养养。"毛传："养养然犹不知所定。"

⑪一掬：一捧。

⑫肃肃：萧条的样子。

【赏读】

这是一篇弥漫着江南烟水气的优美的小品文。

板桥画竹师造化,当然珍视自己从小对田野自然风光的耳濡目染,珍视自己对山花野草的强烈感受。少时活动的环境,少时的生活印象,往往在人们的脑海深处打下极深烙印。真州毛家桥的竹子就始终存储在板桥的记忆之中。那里的景物潮去潮来都不相同,那里绿荫倒影于水而又有小鱼儿游戏于竹根短草之间,一切都是那样富有生机。

可贵的是,通过体察自然,板桥认识到"水与竹,性相近也",并且还在前贤的诗句中找到了佐证。这当然是认识的飞跃。于是乎板桥以此指导行动:"余画大幅竹好画水。"这就是板桥之所以高出侪辈、成为一代画竹圣手的不凡之处。

兰

屈宋文章草木高①,千秋《兰谱》压风骚②。如何烂贱从人卖,十字街头论担挑!

此是幽贞一种花③,不求闻达只烟霞④。采樵或恐通来径,更写高山一片遮。⑤

僧白丁画兰⑥,浑化无痕迹⑦。万里云南,远莫能致,付之想梦而已。闻其作画,不令人见;画毕,微干,用水喷噀⑧,其细如雾,笔墨之痕,因兹化去。彼恐贻讥⑨,故闭户自为,不知吾正以此服其妙才妙想也。口之噀水,与笔之蘸水何异?亦何非水墨之妙乎!石涛和尚客吾扬州数十年,见其兰幅,极多亦极妙。学一半,撇一半,未尝全学;非不欲全,实不能全,亦不必全也。诗曰:十分学七要抛三,各有灵苗各自探⑩。当面石涛还不学,何能万里学云南?

余种兰数十盆,三春告暮,皆有憔悴思归之色⑪。因移植于太湖石、黄石之间⑫,山之阴,石之缝,既已避日,又就燥,对吾堂亦不恶也⑬。来年忽发箭数十⑭,挺然直上,香味坚厚而远。又一年更茂。乃知物亦各有本性。赠以诗曰:兰花本是山中草,还向山中种此花。尘世纷纷植盆盎,不如留与伴烟霞。又云:山中兰草乱如蓬,叶暖花酣气候浓。出谷送香非不远,那能送到俗尘中?此假山耳,尚如此,况真山乎!余画此幅,花皆出叶上,极肥而劲。盖山中之兰,非盆中之兰也。⑮

【注释】

①屈宋:《楚辞》的两位代表作者屈原和宋玉。在他们的作品中,多用美人香草来比喻高士洁行。

②《兰谱》:研究与记载各种兰花的书籍。宋代以后,历代都有很多。压:近。风骚:指《诗经》中的《国风》和《楚辞》中的《离骚》。

③幽贞:雅静纯洁。

④烟霞:指山林草野之间。

⑤采樵或恐通来径,更写高山一片遮:这两句是写作者把兰花画在深山幽谷间的意图。

⑥白丁:明末僧人,字过峰,一字行民,又称民道人,云南人,明藩王后裔,明亡后为僧,年八十余殁于昆明。善画兰,作品为世所重。

⑦浑化:浑然天成。浑,完整。

⑧噀(xùn):含在口中而喷出。

⑨贻讥：招致讥责，被人耻笑。

⑩各有灵苗各自探：每个人都具有独特的艺术才能，要靠自己去发掘。灵苗，聪慧的气质。

⑪憔悴思归之色：谓兰皆萎靡，如人之思乡也。

⑫太湖石、黄石：这里指庭院中之假山。太湖石，产于太湖周边，形状玲珑剔透，世多用来砌筑假山。黄石，黄山所产，形状奇异。

⑬对吾堂亦不恶也：是说兰花对于居室亦能起到点缀的作用。

⑭箭：兰花的茎。

⑮"此假山耳"八句：介绍所画兰花的来历，以及本人所画兰花的追求。

【赏读】

兰，历来被誉为君子之香，也是板桥的主要描绘对象，这是一篇谈论画兰的题记。

第一则谈到白丁与石涛的画兰，提出"十分学七要抛三"。考察板桥的画兰，确实是转益多师，而又法无常师。他倾心白丁与石涛，但又不囿于二家。他吸取众家之长，而又决然不类众家，纯以己意出之。这样，他的才气跃动于笔墨点画之中，就中全然是板桥风格、板桥气派。

第二则则是对于兰花天性的知己之言。板桥喜画野兰，深山幽谷，峭壁荒原，目见心记，然后落笔于纸，自有一种风姿。板桥认为，野生之兰生机郁勃，得天地之灵气，无拘无束，绝不同于庭园、盆钵之兰。野兰更符合板桥的天性，更符合板桥的追求和意趣。一切尘世羁绊、人工雕琢，对兰花来说都是灾难，而对于追求个性解放的板桥来说，同样是灾难。

盆兰

春兰未了夏兰开,万事催人莫要呆。阅尽荣枯是盆盎,几回拔去几回栽。

画盆兰送范县杨典史谢病归杭州①。题曰:兰花不合到山东,谁识幽芳动远空?画个盆儿载回去,栽他南北两高峰。②后被好事者攫去③,杨甚愠之。又十余年,余过杭,而杨公已下世久矣。其子孙述故,乞更画一幅补之。既题前作,又系一诗曰:相思无计托花魂,飘入西湖叩墓门。④为道老夫重展笔⑤,依然兰子又兰孙。

【注释】

①典史:县衙掌缉捕、监狱的官吏,位次在县丞、主簿之下。

②"兰花不合"四句:诗以兰花喻杨典史的德才。言其在山东不被世人所知,归杭定获芳高众赏之誉。南北两高峰,杭州二峰名,均在杭城以西,一偏南,一偏北。

③攫:夺取。

④"相思"二句:言遗憾相思无计,只得托兰花之魂以寄死者。

⑤展笔:谓挥毫作画。

【赏读】

这则题记将志洁行芳的杨典史比喻为高洁的兰花,题记亦花亦人,写花魂"飘入西湖叩墓门",则花、人合一了。最后两句写自己"展笔"作画,吐露了自己平日画兰时,笔墨间充溢着的颂扬君子的情感。

画盆兰送大中丞孙丈予告归乡①

宿草栽培数十年②,根深叶老倍鲜妍。而今归到山中去,满眼名葩是后贤③。此雍正三年事也。后十三年过德州④,公年八十二,十一子,孙曾林立⑤,并见玄孙⑥。复出是图索题,又书二十八字:载得盆兰返故乡,天家雨露郁苍苍⑦。今朝满把兰芽茁,又喜山中气候长。⑧

【注释】

①孙丈:孙勷,字子未,号峨山,板桥的朋友。孙勷于雍正四年(1726)辞官归田,前一年将此意预先告知板桥,板桥作诗画相送,即文中头一首诗的写作。时板桥在燕京。孙以大理寺少卿致仕,未至巡抚(大中丞),但宰相隆科多曾以巡抚官衔拉拢过他,被他拒绝。见《德县志·耆英》。

②宿草:多年的兰草。喻孙勷。

③名葩:名花,喻当代名人。后贤:泛指孙的晚生后辈。孙教育有方,子孙多有成就。在任贵州学政期间,曾亲

诲郡秀,后亦多闻达。

④后十三年过德州:乾隆元年,板桥中进士,未授官职;二年,由京师南归,过德州当是此次。

⑤曾:三世孙。

⑥玄孙:四世孙。

⑦"天家"句:谓昔日孙勷荣归故里,受到皇帝的恩典。

⑧"今朝"二句:是说今朝子孙发达,又获归田之利。满把,盈握。兰芽,喻孙勷子孙。

【赏读】

这篇题记是送给朋友的应景文字,用随意的语言串联起开头、结尾两首诗。应当注意的是,所谓"根深叶老倍鲜妍"、所谓"载得盆兰",都是指自己给孙丈的画兰而言,不可坐实。

丛兰棘刺图

东坡画兰，长带荆棘，见君子能容小人也。吾谓荆棘不当尽以小人目之，如国之爪牙、王之虎臣①，自不可废。兰在深山，已无尘嚣之扰；而鼠将食之，鹿将龁之②，豕将蹂之③，熊、虎、豺、麕、兔、狐之属将啮之，又有樵人将拔之割之。若得棘刺为之护撼，其害斯远矣。秦筑长城，秦之棘篱也。汉有韩、彭、英④，汉之棘卫也；三人既诛，汉高过沛，遂有安得猛士守四方之慨⑤。然则蒺藜、铁菱角、鹿角、棘刺之设⑥，安可少哉？予画此幅，山上山下皆兰棘相参⑦，而兰得十之六，棘亦居十之四。画毕而叹，盖不胜幽并十六州之痛、南北宋之悲耳⑧！以无棘刺故也。

【注释】

①爪牙、虎臣：谓护卫国家、支撑朝廷的军士和大臣。
②龁：啃咬。
③蹂：指猪掘地。

④韩、彭、英：韩指韩信，封淮阴侯；彭指彭越，封梁王；英指英布，即黥布，封淮南王。均为汉高祖刘邦手下大将。刘邦夺得天下后，韩、彭相继被汉高祖诛杀。英布举兵反，兵败，亦被汉高祖诛杀。

⑤"三人既诛"三句：公元前195年，刘邦伐英布归，过沛地，作《大风歌》，有"安得猛士兮守四方"之句。

⑥蒺藜、铁菱角、鹿角、棘刺：四种带尖刺的障碍物，常为兵家所用。

⑦相参：互相掺杂。

⑧幽并十六州之痛：五代后晋石敬瑭割让给契丹十六州土地（史称"燕云十六州"或"幽蓟十六州"），北宋开国后，由于朝廷软弱，长期不得收复，以致十六州人民久陷辽国铁蹄之下。后人读史至此，多为之痛心疾首。南北宋之悲：谓哀叹南宋朝廷不能收复被金人侵占的北方国土，北宋朝廷不能收复幽并十六州。

【赏读】

这篇题记借题发挥，从丛兰与棘刺错置的画面，悟出了君子能容小人的辩证道理，并且进而推绎出"幽并十六州之痛、南北宋之悲"一番道理。文章见微知著，颇具吞吐顾盼之妙。借物寓人、讲寄托，原本是文人画的特点，板桥在题记中对画幅做了曲尽其妙的介绍，植入了艺术家的思想、情操，这是极其难能可贵的。

石（四则）

一

米元章论石①，曰瘦、曰绉、曰漏、曰透，可谓尽石之妙矣。东坡又曰："石文而丑②。"一丑字则石之千态万状，皆从此出。彼元章但知好之为好，而不知陋劣之中有至好也。东坡胸次，其造化之炉冶乎！③燮画此石，丑石也；丑而雄，丑而秀。弟子朱青雷索余画不得④，即以是寄之。青雷袖中倘有元章之石，当弃弗顾矣。

【注释】

①米元章：米芾，字元章。北宋书画家。其画用水墨点染，但求意似，不求工细，开创米派的独特风格。其论石之言，见所著《画史》。

②石文而丑：见宋罗大经《鹤林玉露》引苏轼《题文同画梅竹石图》。

③东坡胸次,其造化之炉冶乎:谓其胸中渊富。

④朱青雷:字文震,济南人。工诗,客寓扬州,与江都朱贲齐名,时称"二朱"。见《扬州画舫录》卷三。

【赏读】

板桥所画之石,同其兰竹相互辉映,是其艺术创作中不可或缺的题材。这是其石画的一组题记。

这则题记谈石头的美。首先,板桥介绍了米芾论石重在"瘦""绉""漏""透",承认米说"尽石之妙"。接下来,板桥更推崇苏轼的丑石之说,以丑为美。板桥画石就很少是玲珑剔透、柔美圆润的太湖石,而大多是雄浑朴质、峻峭崚嶒的黄石。其间道理何在呢?板桥认为:"彼元章但知好之为好,而不知陋劣之中有至好也。"因此,他提出"丑而雄,丑而秀"这一相反相成的美学见解。这当然表现了板桥的胸襟、修养和艺术才华。

二

何以谓之文章①?谓其炳炳耀耀皆成文也②,谓其规矩尺度皆成章也。不文不章,虽句句是题,直是一段说话,何以取胜?画石亦然,有横块、有竖块、有方块、有圆块、有欹斜侧块。何以入人之目?毕竟有皴法以见层次③,有空白以见平整,空白之外又皴,然后大包小，小包大，构成全局，尤在用笔用墨用水之妙，所谓一块元气结而石成矣④。眉山李铁君先生文章妙天下⑤，余未有以学之，写二石奉寄。一细皴，一乱皴⑥，不知仿佛公文之似否？眉山古道⑦，不肯作甘言媚世，当必有以教我也。

【注释】

①文章：板桥此处所谓之文，指文章的辞采。所谓之章，指作文的规则。

②炳炳耀耀：辉煌貌。

③皴法：中国画表现树木、山石、峰峦表面纹理脉络的一种技法。如表现树木的绳皴、横皴、鳞皴，表现山石、峰峦的卷云皴、雨点皴、披麻皴、大斧劈、小斧劈等法。

④一块元气结而石成：谓画石浑然一体，神态俱足，宛如一气凝成。这是皴法运用得当的结果。

⑤眉山李铁君：李锴，字梅（眉）山，又字铁君，号豸青山人。《绝句廿一首·李锴》序云："字梅山，又号豸青山人。"沈德潜《清诗别裁集》云："李锴，字铁君，奉天人，著有《豸青山人集》。"

⑥细皴、乱皴：画石的两种皴法。

⑦古道：谓恪守古人遗训，遵行古时处世为人之道。此处指朴实无华的作风。

【赏读】

板桥笔下之石，不同于八大山人笔下之石。八大写石，以圆为主，棱角少见，有的干脆形同鹅卵，以秃笔写之，狂放纵恣，又很少皴擦，简括精当，八面玲珑，立体感很强。

三

今日画石三幅，一幅寄胶州高凤翰西园氏①，一幅寄燕京图清格牧山氏②，一幅寄江南李鱓复堂氏③。三人者，予石友也。昔人谓石可转而心不可转④，试问画中之石尚可转乎？千里寄画，吾之心与石俱往矣。是日在朝城县⑤，画毕尚有余墨，遂涂于县壁，作卧石一块。朝城讼简刑轻，有卧而理之之妙⑥，故写此以示意。三君子闻之，亦知吾为吏之乐不苦也⑦。

【注释】

①高凤翰：字西园，号南村，晚号南阜山人。山东胶州人，清代书法家，能诗，善画山水、花卉。名列"扬州八怪"。与板桥交谊甚深。

②图清格：字月坡，号牧山，满洲正红旗人，官山西大同知府。善画，山水学石涛，是板桥的朋友。

③李鱓：字宗扬，号复堂，江苏兴化人。康熙五十年中举，后任清宫内廷供奉，乾隆时又出任山东滕县知县。因触犯权贵而罢官。名列"扬州八怪"，是板桥的朋友。

④石可转而心不可转：见《诗·邶风·柏舟》："我心匪石，不可转也。"转，谓动摇。

⑤朝城：旧县名，在山东西部，清时与范县毗邻。

⑥卧而理之：《史记·汲郑列传》载，汲黯主张清静无为，为东海太守，多病，卧阁内不出者岁余，而郡大治。后被召为淮阳太守，复以病辞。武帝说："君薄淮阳耶？……吾徒得君之重，卧而治之。"

⑦为吏之乐不苦也：谓不以苛察为乐。

【赏读】

这一篇百余字短文，由作者寄给三位朋友石画借题发挥，由画石而生发两义。

其一，从《诗·邶风·柏舟》"我心匪石，不可转也"切入，画中之石当然不可转，而作者与三位朋友之情谊亦如石之坚固，不可动摇。

其二，由画石之卧状，演绎出"讼简刑轻""卧而理之"的一番道理。

结尾"三君子闻之"一语千钧，又关合到给三君子画石。文章开合有致，滴水不漏。

四

昔人画柱石图，皆居中正面，窃独以为不然。国之柱石，如公孤保傅①，虽位极人臣，无居正当阳之理。②今特作为偏侧之势，且系以诗曰：一卷柱石欲擎天③，体自尊崇势自偏。却似武乡侯气象④，侧身谨慎几多年。

老骨苍寒起厚坤⑤，巍然直拟泰山尊。千秋纵有秦皇帝，不敢鞭他下海门。⑥

顽然一块石⑦，卧此苔阶碧。雨露亦不知，霜雪亦不识。⑧园林几盛衰，花树几更易；但问石先生，先生俱记得。

【注释】

①公孤保傅：封建社会里最高的官衔。《北堂书钞》卷五十引许慎《五经异议》："天子立三公，曰太师、太傅、太保……又立三少以为之副，曰少师、少傅、少保，是为三孤。"

②"虽位极人臣"二句：谓只有君主才可以居正当阳。

③一卷：犹一拳。《中庸》："今夫山，一卷石之多，及其广大，草木生之，禽兽居之，宝藏兴焉。"

④武乡侯：诸葛亮。蜀汉诸葛亮，字孔明，被封为汉武

乡侯,世称武侯。亮辅佐先主刘备,备死前嘱其继蜀主之位,不受。辅佐后主刘禅,终生谦谨。

⑤老骨:指石的架势。厚坤:大地。

⑥"千秋纵有"二句:《三齐纪略》:"始皇作石桥,欲渡海看日出处。时有神人能驱石下海,石去不速,神辄鞭之,皆流血。"

⑦顽然:无知貌。

⑧"雨露"二句:谓雨露之恩、霜雪之威,于石均无所施,石亦不知不觉。

【赏读】

这一篇题记从图画中柱石的位置生发关于柱石之臣必须要谦谨处世的议论,虽然道理略嫌迂腐,但从图画的位置经营切入,角度新颖,而且深化了图画的内涵。考察板桥所作《柱石图》,石虽居画幅正中,的确是取欹侧之势。后附的两首小诗也典雅有致。

兰竹石（二则）

一

介于石①，臭如兰②，坚多节③，皆《易》之理也，君子以之④。

【注释】

①介于石：《易·系辞下》："《易》曰：'介于石，不终日。贞吉。'介于石焉，宁用终日，断可识矣。"介，大。

②臭如兰：气味如兰。《易·系辞上》："二人同心，其利断金。同心之言，其臭如兰。"

③坚多节：谓竹也。《易·说卦》："艮为山……其于木也，为坚多节。"

④以之：去实行它。以，实行。《论语·为政》："视其所以。"

【赏读】

郑板桥是进士出身，经史娴熟，在这不足二十字的题记中就句句引经据典。

郑板桥喜欢画兰竹石，与他的思想性格很有关系。板桥为人正直耿介，傲世疾俗。在潍县做县官时，"因岁饥为民请赈，忤大吏，遂乞病归"（《清代学者像传》）。他特别推崇竹之清劲挺拔，兰之幽香脱俗，石之傲骨嶙峋。于是，他的画往往寄寓着自己的思想感情和生活理想。

二

复堂李鱓，老画师也。为蒋南沙、高铁岭弟子①，花卉翎羽虫鱼皆妙绝，尤工兰竹。然燮画兰竹，绝不与之同道。复堂喜曰："是能自立门户者。"今年七十，兰竹益进。惜复堂不再②，不复有商量画事之人也。

【注释】

①蒋南沙：蒋廷锡，字扬孙，号南沙。由举人供奉内廷，后为文华殿大学士。清代画家，善花卉及兰竹小品。为"江左十五子"之一。高铁岭：高其佩，字韦之，号且园，

辽宁铁岭人。雍正中仕至刑部侍郎,初画人物山水,后专攻指画,精妙绝伦。

②不再:谓已故。

【赏读】

"能自立门户",亦即"怒不同人"。板桥一生为人为文为艺,皆以"怒不同人"作为其思想中的主体精神。他的专精兰竹,亦有"怒不同人"之意。在"扬州八怪"中,金农、汪士慎、高翔、李方膺、罗聘都是画梅高手,同时又兼擅其他,黄慎工于人物。同时代的扬州画家如高凤翰、华岳等都长于花卉而能其他。题记中说到的复堂李鱓更是"花卉翎羽虫鱼皆妙绝,尤工兰竹"。对于板桥来说,如不审时度势,另辟蹊径,想要在高手如林的画坛占有一席之地是难于上青天的。唯一的途径就是"自立门户","怒不同人"。

板桥的优势是书法和诗文。兰竹用笔,纯是挥写,同书字如出一辙。板桥书法成名较早,且功力深邃,转过来以书法入画,挥写兰竹,是再合适不过了。长于诗文,于画面题跋更为有益。板桥画多长题,正是其发挥书法和诗文之长的表现。而这两点,则是其他人有所不及的。这也是让李鱓感叹"是能自立门户者"的原因。

靳秋田索画（四则）①

一

终日作字作画，不得休息，便要骂人；三日不动笔，又想一幅纸来，以舒其沉闷之气，此亦吾曹之贱相也。今日晨起无事，扫地焚香，烹茶洗砚，而故人之纸忽至。欣然命笔，作数箭兰、数竿竹、数块石，颇有洒然清脱之趣。其得时得笔之候乎②！索我画偏不画，不索我画偏要画，极是不可解处，然解人于此但笑而听之③。

【注释】

①靳秋田：靳畲，字秋田，板桥友人，曾参与辑刻《板桥题画》。

②候：证验。

③解人：谓明识理趣之人，亦应包括靳秋田。

【赏读】

六十九岁时，应友人之索，板桥画了大幅《芝兰竹石图》，并写了这篇题记，突出表现了艺术家的任性。字里行间透露出板桥的狂怪个性，并未因年岁的增长而稍减，相反，年岁愈大，个性愈益突出，老笔纷披，不可一世，一股沉郁之气，几欲喷涌而出。

二

三间茅屋，十里春风；窗里幽兰，窗外修竹。此是何等雅趣，而安享之人不知也。憒憒懂懂①，没没墨墨②，绝不知乐在何处。惟劳苦贫病之人，忽得十日五日之暇，闭柴扉，扫竹径，对芳兰，啜苦茗，时有微风细雨，润泽于疏篱仄径之间；俗客不来，良朋辄至，亦适适然自惊③，为此日之难得也。凡吾画兰画竹画石，用以慰天下之劳人，非以供天下之安享人也。

【注释】

①憒憒懂懂：糊涂貌。

②没没墨墨：无知貌。

③适适然：舒畅貌。

【赏读】

这一篇题记末尾借题发挥，借画中之竹，生发开去，阐述自己的艺术主张。板桥平日对一些附庸风雅的达官贵人的求画往往索而不予，对一些贫穷百姓却主动送画让其卖钱以度日。这里说的"用以慰天下之劳人，非以供天下之安享人也"，就表现了他这种鲜明的观点。

三

石涛善画①，盖有万种，兰竹其余事也。板桥专画兰竹，五十余年，不画他物。彼务博，我务专，安见专之不如博乎！石涛画法千变万化，离奇苍古，而又能细秀妥贴，比之八大山人②，殆有过之无不及处。然八大名满天下，石涛名不出吾扬州，何哉？八大纯用减笔③，而石涛微茸耳；且八大无二名，人易记识，石涛弘济，又曰清湘道人，又曰苦瓜和尚，又曰大涤子，又曰瞎尊者，别号太多，翻成搅乱。八大只是八大，板桥亦只是板桥，吾不能从石公矣。

【注释】

①石涛：清初画家，姓朱，名若极，明末藩王之子。曾出家为僧，法名原济，字石涛，号清湘陈人，又号苦瓜和

尚、大涤子。晚年定居扬州,以卖画为生。善画山水兰竹,笔意恣肆,脱尽窠臼,极富创新。

②八大山人:即朱耷。明宗室后裔,明亡后曾一度出家为僧、为道士,擅长画水墨花鸟及山水,对后来的写意画影响颇大。

③减笔:谓寥寥数笔之写意画。元夏文彦《图绘宝鉴》谓梁楷画"传于世者皆草草,谓之减笔"。

【赏读】

板桥曾给自己的书斋题联云:删繁就简三秋树,领异标新二月花。可见他在艺术趣味上是"崇简"的,这一点在这则题记中也得到了充分的反映。

被他树为反面教材的是石涛。他从题材(石涛善画万种,而板桥专画兰竹)、画法(石涛画法千变万化,而八大纯用减笔)、名称(石涛别号太多,而八大无二名)三个方面进行了比较,说明繁博不如专简,结果则是"吾不能从石公矣"。

需要说明的两点是:第一,石涛是一位具有大胆革新与创造精神的杰出的艺术大师,晚年定居扬州,对"八怪"的形成影响甚巨。板桥对石涛非常倾倒,然而他只愿心摹,而不愿手追。第二,板桥绘画系中途自学,毕竟难以广涉诸类,于是选择了专精一路。大概他本意并非不想博涉。

四

郑所南、陈古白两先生善画兰竹①，燮未尝学之；徐文长、高且园两先生不甚画兰竹②，而燮时时学之弗辍，盖师其意，不在迹象间也。文长、且园才横而笔豪，而燮亦有倔强不驯之气，所以不谋而合。彼陈、郑二公，仙肌仙骨，藐姑冰雪③，燮何足以学之哉！昔人学草书入神，或观蛇斗④，或观夏云⑤，得个入处；或观公主与担夫争道⑥，或观公孙大娘舞西河剑器⑦，夫岂取草书成格而规规效法者！精神专一，奋苦数十年，神将相之，鬼将告之，人将启之，物将发之。不奋苦而求速效，只落得少日浮夸，老来窘隘而已。

【注释】

①郑所南：郑思肖，字忆翁，自号所南。宋末元初画家，擅墨兰、墨竹，其诗画表现了怀念亡宋的爱国主义思想感情。陈古白：陈元素，字古白，明万历间长洲（今江苏苏州）人。书工楷、草，画工山水、兰花。

②徐文长：徐渭，字文长，明代文学家、书画家。高且园：高其佩，字韦之，号且园，清代画家。

③藐姑：即藐姑仙子，古代传说中的女神。《庄子·逍遥游》："藐姑射之山有神人居焉，肌肤若冰雪，绰约若

处子。"

④观蛇斗：苏轼《书张少公判状》："古人得笔法皆有所自……文与可亦言见蛇斗而草书长，此殆谬矣。"

⑤观夏云：《释怀素与颜真卿论草书》："吾观夏云多奇峰，辄常师之，其痛快处如飞鸟出林，惊蛇入草。"（见《佩文斋书画谱》）

⑥观公主与担夫争道：据《新唐书·文艺传》，张旭自言，始见公主担夫争道，又闻鼓吹而得笔法意。

⑦观公孙大娘舞西河剑器：据《新唐书·文艺传》，张旭观公孙大娘舞剑器，自此草书长进。公孙大娘，唐开元间教坊的著名舞伎。西河剑器，剑器舞的一种。

【赏读】

郑板桥在这则题记中提出了一个十分重要的观点："师其意，不在迹象间。"作为这个观点的注脚，板桥的阐释从与古人的气质、个性比较着眼，来谈对古人艺术的继承问题。在这里，他抓住了问题的本质，即深入古人的内心世界，去探求古人的艺术精神，而把外在的表现形式——笔墨技法种种，放在次要的地方。

板桥在另一则题记中写道："十分学七要抛三，各有灵苗各自探。"画家学古人笔墨必须自具眼光，独出机杼，有所取舍，不是死摹而应当活化。可为这则题记之参证。

乱兰乱竹乱石与汪希林①

掀天揭地之文②,震电惊雷之字③,呵神骂鬼之谈④,无古无今之画,原不在寻常眼孔中也⑤。未画以前,不立一格⑥,既画以后,不留一格⑦。

【注释】

①汪希林:板桥初居扬州时,与卖花汪髯(字希文,行四)友善,并赁其宅,希林或是其兄弟。

②文:诗文。

③字:书法。

④谈:言论。

⑤不在寻常眼孔中:言非眼光平庸之人所能理解和欣赏。

⑥不立一格:谓不受任何成规的束缚。

⑦不留一格:谓不能用寻常的尺度加以衡量。

【赏读】

　　约五十字的题记。开头四句排比句，叙述自己的诗文、书法、言论、绘画。应该说，既是对自己所为四事的评价，也是自己对四事的追求。结尾"不立一格""不留一格"，隽永深刻，耐人寻味。

竹石

十笏茅斋①,一方天井②,修竹数竿,石笋数尺③,其地无多,其费亦无多也。而风中雨中有声,日中月中有影,诗中酒中有情,闲中闷中有伴,非唯我爱竹石,即竹石亦爱我也。彼千金万金造园亭④,或游宦四方,终其身不能归享。而吾辈欲游名山大川,又一时不得即往⑤。何如一室小景,有情有味,历久弥新乎!对此画,构此境,何难!⑥敛之则退藏于密,亦复放之可弥六合也。⑦

【注释】

①十笏:比喻窄小。笏,这里指长度。

②天井:俗谓庭院,指四围或三面房屋和围墙中间的空地,其形如井而露天。

③石笋:天然生成的笋形石,可装饰庭园。

④彼:指富人。

⑤时不得即往:或困于财,或耽于事。

⑥"对此画"三句：谓观赏此画，不须耗费财力，胸中即可呈现此境之清晰印象。

⑦"敛之"二句：言此画卷敛之则为一纸，可藏于密室之中；展玩之，则能构成博大之意境。弥，充满。六合，指天地四方。

【赏读】

短短的题记是对竹石的礼赞，也是一个孤傲、高雅、有气节、不得志的封建士大夫文人的自我表白。总之，板桥喜爱并擅长画竹石，是因为他认为竹石表现了顽强不屈、坚韧不拔、正直无私、苍劲豪迈、虚心向上的人格美。这也是他的竹石艺术取得成就的感情基础。

所谓"非唯我爱竹石，即竹石亦爱我也"，这种情感的互移，竹我两爱，确是板桥的体验，或者说是板桥的一种心灵的感觉。

一笔石

西江万先生名个^①，能作一笔石，而石之凹凸浅深，曲折肥瘦，无不毕具。八大山人之高弟子也。燮偶一学之，一晨得十二幅，何其易乎！然运笔之妙，却在平时打点，闲中试弄，非可率意为也。石中亦须作数笔皴^②，或在石头，或在石腰，或在石足。

【注释】

①万先生名个：万个，清江西人。八大山人朱耷的弟子，善画石。生平见《国朝画识》卷五。

②皴：国画笔法。见本卷《石》注。

【赏读】

这是一则关于万个一笔石的资料。无论你是否为习画中人，读来都会觉得清新隽永，饶有滋味，对"却在平时打点，闲中试弄，非可率意为也"都会发出莞尔一笑。

题画竹（十一则）

一

　　始余画竹不敢为桃柳叶，为竹家所忌也；①近颇作桃叶柳叶，而不失为竹意，总要以气韵为先，笔墨为主。古来画家习俗，皆成陋语矣。昨游江上，见修竹数千株，其中有茅屋，有棋声，有茶烟飘扬而出，心窃乐之。次日过访其家，见琴书几席，净好无尘，作一片豆绿色，盖竹光相射故也。静坐许久，从竹缝中向外而窥，见青山大江，风帆渔艇，又有苇洲，有耕犁，有馌妇②，有二小儿戏于沙上，犬立岸傍，如相守者，直是小李将军画意③，悬挂于竹枝竹叶间也。由外望内，是一种境地。由中望外，又是一种境地。学者诚能八面玲珑，千古文章之道，不出于是，岂独画乎？乾隆戊寅清和月，板桥郑燮画竹后又记。

【注释】

①"始余画竹"二句:谓桃叶、柳叶在外形上易与竹叶混淆,气质上又迥异。

②饁(yè)妇:送饭的妇人。

③小李将军:唐代画家李昭道。唐高宗时,宗室画家李思训受封为右武卫将军,人称大李将军。其子李昭道曾任扬州大都督府参军,人称小李将军。"大李小李"开创了唐代的"金碧山水画派"。

【赏读】

本文题画竹,"昨游江上"一段却写出了一幅极富生活趣味的江景——修竹、茅屋、风帆、苇洲、饁妇、小儿——风物历历在目。一句"直是小李将军画意,悬挂于竹枝竹叶间也",又将读者从陶醉中唤醒。板桥的此类文字,彻底摆脱了冬烘气,有点张岱散文的笔意。

二

未画以前,胸中无一竹;既画以后,胸中不留一竹。方其画时,如阴阳二气挺然怒生,抽而为笋为篁,散而为枝,展而为叶,实莫知其然而然。韩幹画御马①,云:"天厩中十万匹,皆吾师也。"予客居天宁寺西杏园②，亦曰：后园竹十万个，皆吾师也，复何师乎？板桥。

【注释】

①韩幹：唐京兆（治今陕西西安）人，开元时为宫廷供奉，善写人物，尤工画马。

②天宁寺西杏园：天宁寺在扬州，杏园待考。

【赏读】

这则题记申述了板桥一贯的师法自然的艺术主张。其中"抽而为笋为篁"几句，写竹子的生长过程，也显示了作者对自然的观察力。

三

吾邑善画竹者，以禹鸿胪为最①，而渔庄尚友次之②。禹竹称于上都，渔庄之名遍于湘楚，皆童而习之，老而入妙。予不逮二公远甚③。今年七十有一，不学他技，不宗一家，学之五十年不辍，亦非首而已也。翔高老长兄四十初度④，索予写竹为寿，且曰："宁乱毋整，当使天趣淋漓，烟云满幅。"此真知画意者也。予既出机轴，亦复远追禹、尚二公遗笔。是不独郑竹，并可谓之尚竹、禹竹，合是三家，以为华封人之三祝⑤，有何不可！乾隆二十八年岁在癸未，板桥道人郑燮画并题。

【注释】

①禹鸿胪：名之鼎，字尚吉，号慎斋。清初画家。

②尚友：字有朋，号渔庄，江苏兴化人，早年寓居湖南茶陵，擅画花鸟竹木。

③不逮：不及。

④翔高：高翔，字凤冈，号犀堂。清代画家。善画山水、梅花。

⑤华封人之三祝：《庄子·天地》说尧游华州时，当地守封疆者祝他"多福，多寿，多男子"。后世遂以"华封三祝"为祝颂之辞。

【赏读】

板桥在书画艺术上是主张转益多师的。这则题记通过好友高翔索画竹为寿，拉扯禹鸿胪、尚渔庄的画竹，又一次申述了这个道理。"不独郑竹，并可谓之尚竹、禹竹"，就是转益多师的具体实践。

四

今日醉，明日饱，说我情形颇颠倒，那知腹中皆画稿。画他一幅与太守,太守慌慌锣来了,四旁观者多惊异,又说画卷画的好。请问世人此中情,一言反覆何多少,吁嗟乎,一日反覆何多少!以字作石,补其缺耳。燮。

【赏读】

刺世、嫉俗的情怀,通过诙谐潇洒的文字,委婉曲折地表达了出来。这本身就是一出讽刺喜剧。

"以字作石,补其缺耳"八个字则大有讲究。传统题跋,尤其是宋元以前,要求画不碍题,题不侵画,题款"补画之空处"。题款成为独立的部分,往往题在画之空处,文字亦写得整整齐齐端端正正,与画不发生直接关系。板桥则纵横决荡。他的一些题跋直接与画融在一起,似画似题,很难决然割开,既补了画面的不足,又丰富了题跋形式,形成了一种新的构图的形式之美。这幅画的"以字作石,补其缺耳"正是这种题跋在位置经营上的自辟蹊径的尝试。

五

昔人画"华封三祝",一峰而已,兹益一峰,是增其寿也;三竹而已,兹益以二,而为五竹,是增其福也。上天申锡①,有加无已②,盖为显显令德之君子，有以致此也。乾隆丙子冬写似章翁乡祭酒年老长翁。有是德即有是福，岂不信然。板桥郑燮。

【注释】

①申锡：厚赐。《诗经·商颂·烈祖》："申锡无疆，及尔斯所。"

②匕：原意为古代取食之具，此处意为取减。

【赏读】

原画为一应酬画作，题记亦为应酬文字，而板桥能将自己的画法（三竹增为五竹）找到民俗的理由，进而上升为学术上的根据（《庄子·天地》之华封三祝）。表现了板桥腹笥深厚，这也是板桥高出侪辈画家之处。

六

郑所南先生墨竹一卷[①]，题咏甚富[②]，古岩王先生录而藏之有年矣。乾隆七年见板桥画竹，谬奖有所南家法，不愧其子孙，命作长卷。板桥羞汗，不敢当，又不敢辞，画成并录旧题于后，奉教命也。乾隆七年十月画竹，画后即录是跋，至八年三月，乃克录完。扬州秀才板桥郑燮记。

【注释】

①郑所南：郑思肖，字所南，号三外野人。连江（今属福建）人，宋末元初画家。

②题咏甚富：郑思肖墨竹卷，原有元、明、清人"旧题"。

【赏读】

板桥在绘画上继承的是文人画的传统。文与可、苏东坡、郑所南、吴仲圭、徐青藤、陈古白乃至八大山人、石涛，板桥转益多师，是沿着他们的道路走过来的。所谓"所南家法"，是就板桥与郑所南都姓郑而言，是十足的调侃语。

七

竹之在山不待言。《诗》曰："淇泉绿竹。"《史》云："渭川千亩竹。"少陵云："映竹水穿沙。"又曰："懒性从来水竹居。"是竹不独爱山，又爱水也。今为沙水竹石之图，且系以诗曰："知仁山水分头乐，竹性由来兼得之。若使故逢鲁司寇①，杏坛应种百千枝②。"乾隆戊寅夏四月，板桥郑燮。

【注释】

①鲁司寇：孔子。孔子曾任鲁国司寇。

②杏坛：传说孔子聚徒讲学处。

【赏读】

画面是由沙、水、竹、石构成，于是板桥从诗文典籍中搜罗出处，大肆"掉书袋"，充分表现了板桥作为封建士大夫迂阔的另一面。

八

虬松怪石，异草名花，画槛朱楼，斜阳曲沼，此富贵人之园亭也。贵者骛于朝而不得归①，富者骛于市而不得乐。何如一个闲人、数间茅屋、一块石头、几竿修竹，转得优游自适也②。诗曰：一个闲人数间屋，阶下石头檐外竹。偶然读得好诗词，高声唱个无腔曲。乃心年学老长兄笑正。乾隆辛巳板桥居士郑燮。

【注释】

①骛：奔驰，奔走。

②转得：反而落得。

【赏读】

这则题记在写法上双起单承，面对园林美景，"贵者骛于朝""富者骛于市"，都不能享受安闲与快乐。而只有"闲人"既有竹石之居，又能够领略诗词之趣，怪不得他要高歌一曲了。无疑，这样的"闲人"便是板桥的自我写照。

九

竹也瘦，石也瘦，不讲雄豪，只求纤秀。七十老人尚留得少年气候。板桥郑燮。

【赏读】

板桥画竹石以"瘦劲孤高"为美，这不仅是一个美学观的问题，也是一个人品气节的问题。为人，要讲气节、人品。世人品评为人标准，往往以骨气、节操为先。讲骨气，以铁骨铮铮为喻；讲节操，以清正刚直、一尘不染为喻。而竹石恰恰具备了这些特点。于是，板桥总是寓人格之美于绘画的意象笔墨之中，这也是所谓"七十老人尚留得少年气候"的原因。

十

胸中墨汁三千斛,腕底清毫十万茎。竹少石多,竹小石大,直是以石为君,聊复以数片叶点缀之耳。画竹何须千万枝,两三片叶峭撑持。千秋不改嵩衡岱①,不靠青山却靠谁?乾隆十九年六月十八日雨中,板桥道人郑燮画并题。

【注释】

①嵩衡岱:嵩,中岳嵩山,在河南登封北。衡,南岳衡山,在湖南衡阳。岱,东岳泰山,绵亘于山东泰安、济南、淄博三地。此处嵩衡岱泛指青山。

【赏读】

这则题记反映了板桥绘画在位置经营上以石为主,在兰竹描绘上以清简为上的美学观点。

十一

茅屋一间,天井一方①,修竹数竿,小石一块,便尔成局②,亦复可以烹茶,可以留客也。月中有清影,夜中有风声,只要闲心消受耳。板桥郑燮。

【注释】

①天井：宅院中房与房或房与围墙之间所围成的露天空地。

②局：形势，某种场面。

【赏读】

几十字的小品，没有出现人物；却透出一派深夜烹茶饷客的清趣。作者认为，光影风雨，只要有"闲心"，都能领略其清趣。

题画兰、兰竹、兰竹石（十二则）

一

二弟在家不肯读书①，屡劝不信。吾惟画兰蕙以解其恼，并仿此《离骚》数句：根之茂兮土弗离，花之美兮香堪娱；品纵杂兮叶与扶持，总不若风吹女（汝）兮，花叶依依②。板桥。

【注释】

①二弟：郑墨。板桥叔父之子，后为庠生。此句谓希望二弟以观画之娱消除对于劝其读书的抵触。

②依依：留恋、不忍分离的样子。

【赏读】

兰、竹、石在板桥的笔下原本就人格化了，那么，演绎其相关的君子品质（如根与土、花与叶的互相依存），让人领悟到为人与读书的关系，使得二弟观画之余，应该能够消除烦恼了。

二

先构石，次写兰，次衬以竹，此画之层次也。石不点苔，惧其浊吾画气。燮又题。

【赏读】

板桥画石，不如八大那样狂放，他笔下的石头，以方为主，棱角突出，极坚硬之至，皴擦甚至比八大还简。他并未像八大那样用秃笔、破笔，而往往用细笔勾勒，清劲文秀，石头上绝少点染青苔等附生物，却使人并不感到缺少什么。

三

石多于兰，兰多于竹，无紫无红，惟青惟绿，是为君子之谷。乾隆壬午郑燮画并题。

【赏读】

"石多于兰，兰多于竹"应该是所题画幅的实际情况。而"无紫无红，惟青惟绿"则让人想到不慕荣华、素朴自持的君子品格，于是才得出了"君子之谷"的赞叹。

四

终日画兰画竹不画石,不过小小局面,即兰竹之精神面目,亦复缺而不全。今为石笋二枚①,以兰竹夹杂其中,则石有性,而竹兰亦有托矣。乃为诗曰:窄处安身密处藏,石腰石缝是吾乡。四时不老全香节,蛱蝶游蜂那用忙!板桥郑燮。

【注释】

①石笋:笋状的岩石。

【赏读】

板桥画兰竹,大多与石相衬。他认为:"其劲如竹,其清如兰,其坚如石。"他做人为艺,追求的都是这"劲""清""坚"的结合。

五

予作兰有年,大率以陈古白先生为法。及来扬州,见石清和尚墨花,横绝一时,心善之而弗学,谓其过纵,与之自不同路。又见颜君尊五,笔极活,墨极秀,不求异奇,自有一种新气。又有友人陈松亭,①秀劲拔俗,矫然自名其家,遂欲仿之。兹所飘撇,其在颜陈之间乎？②然要不知似不似也？乾隆甲戌十月，板桥郑燮画并记。

【注释】

①石清和尚、颜君尊五、陈松亭：均为板桥同时之画家，生平俟考。

②"兹所飘撇"二句：谓画兰的笔法介于颜尊五、陈松亭之间。飘撇，笔法。

【赏读】

这则题记充分表现了板桥的转益多师，末尾"兹所飘撇，其在颜陈之间乎？然要不知似不似也？"两句疑问，心口相问，声口毕肖，再现了艺术家艰辛探索的形象。

六

画家以焦墨画叶，水墨画花，予易而为水墨写叶，焦墨写花，亦参变之理，总是要意到而笔自达之，不必拘执己见。况至圣先师之"毋固"二字谓何耶①！

饮牛四长兄，其劲如竹，其清如兰，其坚如石，行辈中无此人也，屡索余画，未有应之。乾隆五年九秋，过予寓斋，因检家中旧幅奉赠；竹无干，兰叶偏，石势仄,恐不足当君子之意,他日当作好幅赎过耳。板桥弟郑燮。

【注释】

①毋固:不拘泥固执。《论语·子罕》:"子绝四:毋意、毋必、毋固、毋我。"意为孔子杜绝四种毛病:不主观臆测、不绝对肯定、不拘泥固执、不自以为是。

【赏读】

这则题记写得很俏皮。开头写焦墨、水墨的用法,本属绘画心得,却又掉书袋,找出孔夫子的"毋固"。接着写送兰竹石画给饮牛四长兄,先且不说画,而说饮牛四长兄"其劲如竹,其清如兰,其坚如石"。须知板桥笔下的兰竹石是人格化了的事物,"劲""清""坚"正是板桥笔下对竹、兰、石的追求。短短百字文,既申述了自己的艺术主张,又赞美了索画者,跌宕多姿,灵气毕现。

七

此山林之色,佳也。若以时下之剪裁植绳之,则左矣①。大率作画之道,先从天而入于人②,则规矩法律景然,后从人而返于天,则造化生成无迹。老拙之谈，不识玉川老铭弟何以教我？乾隆辛巳。板桥兄燮。

【注释】

①左：相反，相违。
②天：自然。

【赏读】

此则所谓"山林之色"，亦即下文所谓"天""造化"，是大自由的世界，是艺术的大境界。板桥思念这样的境界，向往这样的境界，创作中也在追求这样的境界。这就是师造化。板桥的师造化，实际上是师胸中之造化，那个从大千世界摄取的、通过主观选择的神化的自然，它肇于自然，而又高于自然。

八

叶短而力，花劲而逸。永其香，淡其色。邦国之瑞①，山林之客。(《题兰》)

【注释】

①邦国之瑞：《左传·宣公三年》："兰为国香。"故板桥称其为国家的象征。

【赏读】

这则题画具有箴铭风格，很精炼，言简意赅。

九

鱼以水为家，无水是无鱼也；鸟以树为家，无树是无鸟也；兰以石为家，无石是无兰也。水愈阔，鱼愈巨；林愈茂，鸟愈多；山愈深，兰愈盛。故兰有百年之根，数尺之箭，有数月之花，有数十里之香。人之过之者，闻其香而莫知兰之所在，此则山之妙也。为之诗曰：蝶蜂有路依稀到，云雾无门不可通。便是东风难着力，自然香在有无中。（《题兰》）

【赏读】

此则是画兰题记。前面六句写兰与石的依托关系，这当然是就所题画幅而言。板桥画兰，大多与石（有时还有竹）相衬，"其劲如竹，其清如兰，其坚如石"，板桥追求的正是劲、清、坚的结合。

题记的后半部分则在香气上做文章，因为香气是无法用水、墨、颜色直接表述的。板桥喜画野兰，深山幽谷，峭壁荒野，眼见心记，然后落墨于纸，自有一种风姿。这幅画表达的就是这种"数十里之香"。

十

一叶翩，一叶拂。浊中清，清中浊。画家若识此中情，何患一门无酒肉？①这等说，不过要画家知道意在笔先耳。(《题兰》)

【注释】

①"画家若识"二句：谓懂得这个画理，画家的画作则会大大长进，从而广受社会欢迎，不愁销路，当亦有钱买酒肉了。

【赏读】

画家要获得社会效益，一定要从本身找原因。此则题画提出了"意在笔先"的问题。

十一

一兰一箭一花①，而香有余；一蕙一箭数花②，而香不足。是可知蕙不如兰。然世无兰则兰之芳正不少。故孔子没而孟子兴③，实有以蕙继兰之德，皇皇乎齐宣、梁惠之间④，七十二君之庭之意⑤。(《题兰》)

【注释】

①箭：兰草开花前，抽长出箭状叶，叫兰箭。

②蕙:又称薰草,属菊科的一种香草。

③孔子:儒家学派的创始人,其弟子曾参传授子思(孔子之孙),子思传授给门下弟子孟轲(后世称孟子)。孟子:孔子儒家学说的主要传人,后世称亚圣。

④皇皇乎齐宣、梁惠之间:谓孟子活动、建树于齐宣王、梁惠王之世。按,梁惠王后元十五年,孟子来到梁国,与梁惠王问答,《孟子·梁惠王上》应该作于此一时期。第二年,齐宣王嗣位,孟子来到齐国,与齐宣王问答,《孟子·梁惠王下》《孟子·公孙丑下》都应该作于此一时期。皇皇,显明的意思。

⑤七十二君:中国传说上古时代有七十二位帝王。

【赏读】

兰、蕙都是香草,历来兰、蕙并称,比喻君子或君子之德。然而,兰之香甚于蕙之香。此则题记与画幅本身无关,由兰、蕙之香生发议论,是题画小品的另类写法。

十二

古人以喜气写兰,怒气写竹①,盖物之至情,专以意似,不在形求。②欧阳文忠公云③:萧闲疏淡之致,惟画笔偶能得之。此真知画者也。(《兰竹》)

【注释】

①喜气写兰，怒气写竹：《佩文斋书画谱》卷十六引《紫桃轩杂缀》载元僧觉隐云："我尝以喜气写兰，怒气写竹。"

②"盖物之至情"三句：谓兰形柔美，竹形刚直，能够引发人喜气、怒气的产生。

③欧阳文忠公：北宋政治家、文学家欧阳修，死后谥号文忠，世称欧阳文忠公。所引语出处不详。

【赏读】

这里提出了一个重要的问题，画笔能传达作者的情绪，亦即作者的情绪能影响挥毫施色。板桥无疑是承认这一点的。他认为，弄明白这一点，才是"真知画者"。

兰竹松石卷

板桥居士为范县令,官事且不能办,何论家事!一应米盐琐屑,皆王君体一为予任其劳。暇日作画,亦以兰竹松石之琐琐者报之,藏此不废,他日相逢犹记匆匆不暇给时也。

【赏读】
王君体一大概是范县的一名县吏,负责板桥的生活,所谓"一应米盐琐屑",而王体一对工作尽心竭力,使板桥大为感动。于是他私下画了很多兰竹松石之类,想送给王君,以为报答,而又一直没有机会给王,他就只好将这些画收藏起来。这件事情的缘起和经过就是如此简单,郑板的文字也木讷质朴。然而结尾一句"他日相逢犹记匆匆不暇给时也",异峰突起,清新隽永,唤起无限想象。

枯木竹石轴

东坡画枯木竹石,赠贾耘老①,令好事者月致酒三斗,米三石,终其世。何自夸诩乃尔②!予仿老坡已落第二义,广陵道上或可易一金乎③?坡张桥让,各亦一道。郑板桥燮。

【注释】

①贾耘老:贾收,字耘老,宋乌程(今属浙江湖州)人,有诗名,喜饮酒,隐居苕溪,其居有水阁名"浮晖"。与苏轼(东坡)交情甚笃。《乌程县志》载,贾耘老家贫,苏轼经常画枯木竹石相赠,希望能有"好事者"拿米、酒换画。

②夸诩:夸张,夸耀。乃尔:如此,这样。

③广陵道上:扬州市场。扬州旧称广陵。

【赏读】

细玩文意,所题记的《枯木竹石轴》或是板桥馈赠穷困友人之作,所谓"予仿老坡";然而,"广陵道上或可易一金乎",足见板桥对自己作品的市场价值还是有自信的。接下来,"坡张桥让,各亦一道"虽则是调侃语,也表现了这种自信。

题图清格兰石条幅[①]

　　牧山雅人，文公韵士[②]，如兰如石，相得益彰。往余在京师，遇牧山，极道文公不置；及来扬，遇文公，又道牧山不去口。余以非材谫陋[③]，得二公雅爱，且喜且惭，亦如苔斑墨汁，乱点于幽兰怪石间也。板桥弟郑燮。乾隆五年六月廿有二日。

【注释】
　　①图清格：字月坡，号牧山，满洲正红旗人，官大同知府。善画，山水学石涛，是板桥的朋友。
　　②文公：文命时，清代画家。江都（今扬州）人。工画兰，性孤傲，隐于湖中。见《扬州画舫录》卷十八。
　　③谫陋：浅薄。

【赏读】
　　这篇题记文字虽短，章法却很讲究。一开始就双峰并峙，写"牧山雅人，文公韵士"。迤逦写来，至"余以非材谫陋"单承,结句"亦如苔斑墨汁,乱点于幽兰怪石间也"是警句,既别致、兴味盎然地形容了自己与牧山、文公的关系,又巧妙地归结到画面本身。

题高凤翰菊石图轴

燮自兴化来通州，谒个老人①，即窃取其墨梅四幅，皆藏弃不轻出者，老人笑而不责也。老人最重西园高先生笔墨②，无以慰其意，遂令奴子往返千里，取高公赭墨菊花以献。至燮自呈所作诗画，各有数种，直是王恺珊瑚③，不足当季伦铁如意一击也。板桥弟燮。

【注释】

①个老人：丁有煜，字丽中，晚号个道人。乾隆时画家。

②西园高先生：高凤翰，字西园，号南村。清代画家。

③王恺珊瑚：王恺，晋东海郯县（今山东郯城北）人，西晋贵戚。据《世说新语·汰侈》，王恺与大官僚石崇斗富，出二尺许珊瑚示之。石崇（季伦）视讫，以铁如意击之，应手而碎。盖不屑也。

【赏读】

  一桩极其普通的书画同人的馈赠交往，在板桥笔下被写得如此妙趣横生，主要是板桥活用了《世说新语》典故，一句"不足当季伦铁如意一击也"，既赞美了个老人眼界之高、收藏之富，又隐约表示了对自作诗画的珍惜。

题李鱓花卉蔬果册

复堂之画凡三变：初从里中魏凌苍先生学山水，便尔明秀苍雄，过于所师。其后入都，谒仁皇帝马前①，天颜霁悦，令从南沙蒋廷锡学画②，乃为作色花卉如生。此册是三十外学蒋时笔也。后经崎岖患难，入都得侍高司寇其佩，又在扬州见石涛和尚画，因作破笔泼墨，画益奇。初入都一变，再入都又一变，变而愈上，盖规矩方圆尺度，颜色深浅离合，丝毫不乱，藏在其中，而外之挥洒脱落，皆妙谛也。六十外又一变，则散漫颓唐，无复筋骨，老可悲也。册中一脂、一墨、一赭、一青绿，皆欲飞去，不可攀留。世之爱复堂者，存其少作壮年笔，而焚其衰笔、赝笔，则复堂之真精神、真面目，千古常新矣。乾隆庚辰，板桥郑燮记。

【注释】

①仁皇帝：清圣祖康熙。康熙五十二年（1713），圣祖

到塞北行围,回驻热河行宫,李鱓向圣祖献诗。

②蒋廷锡:字扬孙,号南沙,江苏常熟人。康熙时由举人供奉内廷,赐进士,累官文华殿大学士。工诗画,著有《青桐轩集》等。

【赏读】

古今艺坛上,有人早达,有人晚成。早达者如不注意后天自我充实,往往老来江郎才尽,颓败不堪。复堂大约属此类型。板桥对老朋友的艺术不隐恶、不溢美,抱着对历史、对艺术,也是对老朋友负责的精神,实事求是地加以鉴定品评,体现了他"隔靴搔痒赞何益,入木三分骂亦精"的艺术家的态度。

题李方膺画梅长卷

兰竹画，人人所为，不得好。梅花，举世所不为，更不得好。惟俗工俗僧为之，每见其几段大炭撑拄吾目，真恶秽欲呕也。晴江李四哥独为于举世不为之时[1]，以难见工，以孤见实。故其画梅，为天下先，日则凝视，夜则构思，身忘于衣，口忘于味，然后领梅之神，达梅之性，挹梅之韵，吐梅之情，梅亦俯首就范，入其剪裁刻划之中而不能出。夫所谓剪裁者，绝不剪裁，乃真剪裁也；所谓刻划者，绝不刻划，乃真刻划也。宜止由行，不人尽天，复有莫知其然而然者，问之晴江，亦不自知，亦不能告人也。愚来通州，得睹此卷，精神焕发，兴致淋漓。此卷新枝古干，夹杂飞舞，令人莫得寻其起落，吾欲坐卧其下，作十日功课而后去耳。乾隆二十五年五月十三日板桥郑燮漫题。

（上文题于画幅中上方，于中下方又题韵文四句，字大倍于上题。）

梅根喏喏[2]，梅苔烨烨[3]；几瓣冰魂，千秋古雪。

【注释】

①晴江李四哥：李方膺，字虬仲，号晴江，清通州（今江苏南通）人，弟兄间排行第四。板桥的朋友，"扬州八怪"之一，善画梅。

②啮啮：咬嚼，引申为侵蚀。形容梅树之根陷入土中。

③烨烨：明亮、灿烂。

【赏读】

这真是一段"神遇迹化"的精彩之论！哲学家用抽象思维所达到的，在艺术家则往往通过主观体验便可获得。从这一点说，艺术家更贴近"天"，更易于获得"天"的消息。

题画竹（七则）

一

昔东坡居士作枯木竹石，使有枯木石而无竹，则黯然无色矣。余作竹作石，固无取于枯木也。意在画竹，则竹为主，以石辅之。今石反大于竹，多于竹，又出于格外也。不泥古法，不执己见，惟在活而已矣。渐老年兄属，乾隆甲戌重九日，板桥郑燮画。

【赏读】

板桥在这则题记中谈绘画的位置经营，这也是画家个人风格的重要体现。"今石反大于竹"以后具体到所题画幅。板桥画石，大多与兰竹相衬，在构图上有时以石为主，一石壁立，显得气势磅礴。当然，这一切取决于"不泥古法，不执己见，惟在活而已矣"。

二

神龙见首不见尾。竹,龙种也;画其根,藏其末,其犹龙之义乎①!乾隆辛巳,板桥郑燮画并题。

【注释】

①犹龙:谓道之高深奇妙,如龙之变化不可测。语出《史记·老子韩非列传》:"至于龙吾不能知,其乘风云而上天。吾今日见老子,其犹龙耶?"

【赏读】

板桥画竹,在构图上匠心独运,有时略去梢头,专现竹根,即如本则题记的画幅那样。把竹子视为龙种,真是有点异想天开。

三

茅屋一间,新篁数竿,雪白纸窗,微侵绿色。此时独坐其中,一盏雨前茶①,一方端砚石②,一张宣州纸③,几笔折枝花,朋友来至,风声竹响,愈喧愈静;家僮扫地,侍女焚香,往来竹阴中,清光映于画上,绝可怜爱。何必十二金钗④,梨园百辈,须置身于清风静响中也。壬午夏日写此,静翁年兄政。板桥老人郑燮画并题。

【注释】

①雨前茶：谷雨前采制、用细嫩芽尖制成的茶叶。雨前茶往往滋味鲜浓而耐泡。

②端砚石：即端砚，因产地在今广东肇庆一带（旧属端州）而得名。始于唐代，以石质坚实、润滑、细腻驰名于世，是中国四大名砚之一。

③宣州纸：即宣纸，一种高级的毛笔书画用纸，原产于安徽泾县，因唐代泾县属宣州，故名。宣纸纸质绵软，坚韧洁白，吸墨性能很好。

④十二金钗：本用以形容美女头上金钗之多，后喻指众多美女。南朝梁武帝《河中之水歌》："头上金钗十二行，足下丝履五文章。"

【赏读】

画幅是茅屋竹篁图，题记则是一篇幽美的小品文。文字虽短，但依次描述了独坐茅屋的充满书卷气的情趣，以及感受到的声响、气味、光影，这些都是线条和色彩极难表达的。

四

画有在纸中者,有在纸外者。此番竹竿多于竹叶,其摇风弄雨,含露吐雾者,皆隐跃于纸外乎!然纸中如抽碧玉,如削青琅玕①,风来戛击之声,铿然而文,锵然而亮,亦足以散怀而破寂。纸中之画,正复清于纸外也。乾隆甲申,七十二老人板桥郑燮写此。

【注释】

①琅玕:美石。也用作竹子的美称。

【赏读】

起句便大奇!以后围绕"画有在纸中者"与"在纸外者"迤逦写来,末尾"纸中之画,正复清于纸外也"则承认了画图来自现实,而比现实更高级、更完美。

五

扬州汪士慎①,字近人,妙写竹。曾作两枝,并瘦石一块,索杭州金农寿门题咏②。金振笔而书二十八字,其后十四字云:"清瘦两竿如削玉,首阳山下立夷齐③。"自古今题竹以来,从未有用孤竹君事者,盖自寿门始。寿门愈不得志,诗愈奇,人亦何必汩富贵以自取陋④!芸亭年兄一粲。板桥郑燮。

【注释】

①汪士慎：字近人，号巢林。清代画家，"扬州八怪"之一。善画梅竹，兼擅花卉、人物。

②金农：字寿门，号冬心先生、稽留山民等，浙江仁和（今杭州）人，清代著名书画家，篆刻亦精，"扬州八怪"之一。板桥好友。

③夷齐：伯夷、叔齐。商孤竹国君二子，互相礼让国君之位。后商灭亡，伯夷、叔齐不食周粟，饿死于首阳山。

④汩（gǔ）：汩没，沉沦。

【赏读】

金农为汪士慎画竹题写了七绝一首，后两句云："清瘦两竿如削玉，首阳山下立夷齐。"板桥大加赞叹，其原因一是金农用典新颖，以人拟竹，而且人与竹在品格上有共同点。二是所用典激起了板桥强烈的共鸣，那就是"人亦何必汩富贵以自取陋"。

六

画大幅竹，人以为难，吾以为易。每日只画一竿，至完至足，须五七日画五七竿，皆离立完好，然后以淡竹、小竹、碎竹经纬其间。或疏或密，或浓或淡，或长或短，或肥或瘦，随意缓急，便构成大局矣。昔萧相国何造未央宫①，先立东阙、北阙、前殿、武库、太仓，然后以别殿、内殿、寝殿、宫室、左右廊庑、东西永巷经纬之，便尔千门万户。总是先立其大，则其小者易易耳。一丘一壑之经营，小草小花之渲染，亦有难处；大起造、大挥写，亦有易处，要在人之意境何如耳。板桥郑燮。

【注释】

①萧相国何：萧何，沛县丰邑中阳里（今属江苏丰县）人，西汉初年政治家、宰相、西汉开国功臣之一。汉高祖七年，萧何受命监造西汉王朝的正宫，乃在长安城地势最高的西南角龙首原、在秦章台的基础上修建了中国古代规模最大的宫殿建筑之一未央宫。

【赏读】

这则题记以萧何受命监造未央宫为例，叙述了自己创作大幅竹画的经验，主要是关于构图、笔墨方面的经营，可知板桥创作大幅竹画是高屋建瓴，追求"人之意境"的。

七

始余画竹，能少而不能多；既而能多矣，又不能少。此层功力，最为难也。近六十外，始知减枝减叶之法。苏季子曰①：简炼以为揣摩。文章绘事，岂有二道！此幅似得简字诀。板桥郑燮。

【注释】

①苏季子：苏秦，字季子，战国时东周洛阳（今河南洛阳东）人，其时著名的纵横家、外交家、谋略家。著作有《苏子》三十一篇，已佚。另有《战国纵横家书》，残破。板桥所引语出处待考。

【赏读】

从少到多又到少，这是板桥自我总结得出的公式，是较为切合创作实际的。初学之时，执意于一枝一叶的刻画，而对各部分的穿插布置，缺乏总体把握，当然是"能少而不能多"。及至有了总体意识，往往又滞于物象而不能变通，自我作缚，为法所囿，便能多而不能少，不少画家便至此止步。至此阶段，由繁而简，易多为少，表面看，仿佛仅是技法问题，实则谬矣。化繁为简，以少胜多，系天资学养使然。尤其是后者，尤为关键。艺术家强调学养,实际便是强调艺术底蕴,蕴积越厚,其变愈大,而艺术青春便得永驻。底蕴浅薄,则终至心力交瘁,而江郎才尽,创造力衰竭,何来变通?"近六十外,始知减枝减叶之法",实在是板桥辛苦所得之经验。

题兰竹石（九则）

一

昔李涉过皖桐江上①，有贼劫之。问是涉，不索物而索诗。涉曰："细雨微风江上春，绿林豪客夜知闻。相逢不用相回避，世上于今半是君。"书民二哥，晚过寓斋，强索余画，且横甚。因亦题诗诮让之曰②："细雨微风江上村，绿林豪客暮敲门。相逢不用相回避，翠竹芝兰画几盆。"狂夫之言，怪迁妄发，公其棒我乎！癸酉九秋，板桥郑燮。

【注释】

①李涉：自号清溪子，洛阳（今属河南）人。唐代诗人，曾任太学博士。板桥所引事见《唐诗纪事》。皖桐：皖水入长江之一段，在今安庆附近。

②诮让：嘲讽责备。

【赏读】

这是一则充满诙谐、调侃意味的题记。板桥绘画，艺术上继承的是古代文人画的传统，而精神上则承袭了明中叶以来逐步发展起来的反传统、崇尚个性解放的新思想。他的画实际上是借助文人画的传统形式，来抒发自己的胸中块垒。然而由于绘画题材的限制，使得他有时不得不借用题跋来做别有用心的发挥。于是又在自觉不自觉之中，使文人画的形式得以发展，取得新的突破。如这则题记就已远远超出画题之外，借题发挥，使人从中体悟出味外之味、旨外之趣。

二

文与可、梅道人画竹①，未画兰也。兰竹之妙，始于所南翁②，继以古白先生③。郑则元品，陈则明笔。近代白丁、清湘④，或浑成，或奇纵，皆脱古维新特立。近日禹鸿胪画竹⑤，颇能乱，甚妙。乱之一字，甚当体任，甚当体任！乾隆庚辰秋九月，登高不果，过吴公，湖上写此。板桥郑燮。

【注释】

①文与可：文同，字与可。北宋画家。梅道人：吴镇，

字仲圭,号梅花道人。元代画家,善山水花卉。

②所南翁:郑思肖,字忆翁,自号所南。宋末元初画家,善画兰竹,尤精墨兰。

③古白:陈元素,字古白。明代书画家。

④白丁:字过峰,又字行民,清雍乾时僧人。以画兰著称。清湘:石涛,姓朱,名若极,号清湘陈人。清初画家,擅长山水画。著有《苦瓜和尚画语录》。

⑤禹鸿胪:禹之鼎,字尚吉,号慎斋。清代画家。

【赏读】

这则题记乱笔纵论诸兰竹名家,大气纵横,高屋建瓴,末尾"登高不果,过吴公,湖上写此"十一字看似与题记无关,然与整个短文文风处之和谐,味之散漫有致。

三

画兰之法,三枝五叶;画石之法,丛三聚五。皆起手法,非为兰竹一道仅仅如此,遂了其生平学问也。古之善画者,大都以造物为师。天之所生,即吾之所画,总需一块元气团结而成。此幅虽属小景,要是山脚下洞穴旁之兰,不是盆中磊石凑栽之兰,谓其气整故尔。聊作二十八字以系于后:敢云我画竟无师,亦有开蒙上学时。画到天机流露处,无今无古寸心知。乾隆庚辰秋,板桥郑燮。

【赏读】

板桥认为，山野之兰自有一种风姿。兰生于野，则苍青蔚然，生机郁勃，得天地灵气，无拘无束，绝不同于庭园、盆盎之兰。"天之所生，即吾之所画"，这更符合板桥的天性，更符合他的追求和意趣。

四

昔人云：入芝兰之室，久而忘其香。夫芝兰入室，室则美矣，芝兰勿乐也。吾愿居深山绝谷之间，有芝弗采，有兰弗掇，各适其天，各全其性。乃为诗曰：高山峻壁见芝兰，竹影遮斜几片寒。便以乾坤为巨室，老夫高枕卧其间。乾隆辛巳三月，板桥道人郑燮。

【赏读】

这则题记的宗旨是"各适其天，各全其性"。一切尘世羁绊，人工雕琢，对兰花来说都是灾难；而对于追求个性解放的板桥来说，同样是灾难。

五

昔人画竹者称文与可、苏子瞻、梅道人。画兰者无闻。近世陈古白、吾家所南先生，始以画兰称，又不工于竹。惟清湘大涤子山水、花卉、人物、翎毛无不擅场①，而兰竹尤绝妙冠时。盖以竹干叶皆青翠，兰花叶亦然，色相似也；兰有幽芳，竹有劲节，德相似也；竹历寒暑而不凋，兰发四时而有蕊，寿相似也。清湘之意，深得花竹情理。余故仿佛其意。又闻有明三百年，文人皆善兰竹，今不概见，不识何故。乾隆二十七年，岁在壬午小春月，板桥郑燮。

【注释】

①清湘大涤子：石涛，又号大涤子。

【赏读】

借物寓人，讲究寄托，这是中国古代文人画的追求。板桥在摹写中领悟到的"花竹情理"是"兰有幽芳，竹有劲节"。而自然的人化，人的自然化，二者的移位互植，在板桥的眼里、胸中、笔下得到了高度的融合，"幽芳""劲节"活灵活现地传达出兰竹的形象和精神，同时也植入了艺术家的思想和情操。

六

画竹之法，不贵拘泥成局，要在会心人深神，所以梅道人能超最上乘也。盖竹之体，瘦劲孤高，枝枝傲雪，节节干霄，有似乎士君子豪气凌云，不为俗屈。故板桥画竹，不特为竹写神，亦为竹写生。瘦劲孤高，是其神也；豪迈凌云，是（其）生也；依于石而不囿于石，是其节也；落于色相而不滞于梗概，是其品也。竹其有知，必能谓余为解人①；石也有灵，亦当为余首肯。甲申秋杪，归自邗江，居杏花楼。对雨独酌，醉后研墨拈管，挥此一幅，留赠主人。板桥。

【注释】

① 解人：能通晓其意者。

【赏读】

这则题记仍然申述人与自然的移位互植。板桥拈出画竹的"神""生""节""品"四者，认为与自己精神上相通，"有似乎士君子豪气凌云，不为俗屈"。正由于此，他自许为竹子的"解人"。说完了，插入一句"石也有灵，亦当为余首肯"，趣味横生，有李太白"举杯邀明月，对影成三人"之妙。

七

满幅皆君子，其后以棘刺终之，何也？盖君子能容纳小人，无小人亦不能成君子。故棘中之兰，其花更硕茂矣。石桥老哥，君子也。持此意以处京畿，无往不利。千里之外，无所赠寄，姑以此为压缄之物耳①。板桥弟郑燮。

【注释】

①压缄之物：随信附上的东西。

【赏读】

这幅画卷中有一丛丛摇曳有致的兰花，几竿清瘦孤标的劲竹，几块错错落落的石头，然后其间穿插画有数枝棘刺。结合题记来看，这其实反映了板桥的生活认识和体验。在封建社会，邪恶、谀谄、卑鄙、险恶、自私织成一张网，正直、高尚的人往往身罹其祸。但是，有的人却以圆熟的心智，"游刃有余"地斡旋于各种矛盾之间。看样子，"石桥老哥"就是这样一位高手，他"持此意以处京畿，无往不利"，因此板桥特意赠之以画并记。

八

平生爱所南先生及陈古白画兰竹。既又见大涤子画石，或依法皴，或不依法皴，或整或碎，或完或不完。遂取其意，构成石势，然后以兰竹弥缝其间。虽学出两家，而笔墨则一气也。宏翁同学老长兄善品题书画，故就正焉。板桥郑燮。

【赏读】

　　这则题记记录了板桥兰竹石的画法，体现了其绘画美学观。板桥画石，大多与兰竹相衬，"其劲如竹，其清如兰，其坚如石"，追求的正是这"劲""清""坚"的结合。

九

　　岱丁年老长兄，以巉岩峤壁之姿，为衡霍嵩华之长①。秦松汉柏，皆依丽于是麓间，自号岱丁不虚。画中峭石，恐不足方百之一也。岱丁本吾江南人，幽兰之贞，竹箭之美，含芳植节，莫与京抗②，合南北之灵秀，萃集一身。□敢在下风，以钦德意。板桥弟郑燮。

【注释】

　　①衡霍：南岳衡山。衡山又名霍山。嵩华：嵩山与华山的并称。

　　②京抗：对抗。京，大也，强也。

【赏读】

　　岱丁先生善画林木峭石，板桥以为他的画"合南北之灵秀，萃集一身"。因此在这则题画中表示了极大的礼敬。

画松赠肃公

乾隆二年丁巳,始得接交于肃公同学老长兄。见其朴茂忠实,绰有古意,如松柏之在岩阿,众芳不及也。后十余年,再会如故。又三年复会,亦如故。岂非松柏之质本于性生,春夏无所争荣,秋冬亦不见其摇落耶?因画双松图奉赠。弟至不材,亦窃附松之列,以为二老人者相好相倚借之一证也。

又画小竹衬贴其间,作竹苞松茂之意,以见公子孙承承绳绳①,皆贤人哲士;盖朴茂忠实之报有必然者。乾隆二十三年,岁在戊寅,三月二日,板桥弟郑燮画并题。

【注释】

①承承绳绳:承继,继承。《诗经·大雅·下武》:"绳其祖武。"

【赏读】

这则题记写得很风趣,以画松比拟"肃公同学老长兄"。为什么要如此比拟呢?除了肃公"朴茂忠实,绰有古意"外,作者拈出的证据是"三年复会,亦如故",这当然是与松柏后凋的秉性相通的。至于绘写双松,则是"弟至不材,亦窃附松之列,以为二老人者相好相倚借之一证也"。相信肃公读画至此,亦当会发出莞尔一笑的。

题高凤翰画册

　　此幅三石挤塞满纸，而其为绿、为赭、为墨，何清晰也！为高、为下、为内、为外，何径路分明也！又以苔草点缀，不粘不脱，使彼此交搭有情，何隽永也！西园老兄，秀才出身，故画法具有理解。近日诗古家骂秀才、骂制艺①，几至于不可耐。不知诗古不从制艺出，皆无伦杂凑。满口山川风月，满手桃柳杏花，张哥帽，李哥戴，直是不堪一笑耳。圣天子以制艺取士，士以此应之。明清两朝士人，精神聚会，正在此处。试看西园兄画，绝无时文气，而却从时人制艺出来。乾隆辛巳，愚弟板桥郑燮题。

【注释】

　　①诗古家：爱好古诗和散文的人。制艺：明清两代科举考试的文体，俗称八股文。

【赏读】

　　这则题记写于乾隆二十六年（1761），其时老友高凤翰已去世13年了。板桥翻阅老友的画册，如对故人。

　　板桥对老朋友的了解是深刻的，高凤翰的书画建立在深厚的文学修养基础上，出手不俗，而又"具有理解"。制艺、时文，从批判科举弊端的角度立论，是有其该贬的地方，然从文化基础教育的角度看，似也有该肯定的地方。板桥大约便是着眼在此的。至于他将所谓"圣天子以制艺取士，士以此应之"为理由加以肯定，则是未能免俗的表现。但不管怎么说，板桥对老友"西园老兄"的感情是至深的。

题高凤翰寒林鸦阵图[①]

高西园，胶州人，初号南村。此幅是其少作，后病废用左手，书画益奇。人但羡其末年老笔，不知规矩准绳自然秀异绝俗，于少时已压倒一切矣。西园为晚峰先生画，余不及见晚峰，而西园见之；后人不及见西园，而予得友之。由此而上推，何古人之不可见？由此下推，何后人之不可传？即一画有千秋遐想焉！板桥郑燮。

【注释】

①寒林鸦阵图：底本作"寒林雅阵图"，据文意改。

【赏读】

这则题记亦是写于高凤翰去世以后，板桥面对故友所绘寒林鸦阵图，嗟赏之余，感慨系之。短文的中心是"一画有千秋遐想"，为什么这么说呢？板桥从"西园为晚峰先生画，余不及见晚峰，而西园见之；后人不及见西园,而予得友之"这一现象,领悟到古人、今人、后人的传承关系。当然,这种"一画千秋"也说明了故友高西园的艺术地位。

卷五 书札

书中有书,书外有书,则心空明而理圆湛,岂复为古人所束缚,而略无张主乎!

雍正十年杭州韬光庵中寄舍弟墨

谁非黄帝尧舜之子孙。而至于今日,其不幸而为臧获①,为婢妾、为舆台、皂隶②,窘穷迫逼,无可奈何。非其数十代以前即自臧获、婢妾、舆台、皂隶来也。一旦奋发有为,精勤不倦,有及身而富贵者矣,有及其子孙而富贵者矣,王侯将相岂有种乎!而一二失路名家③,落魄贵胄,借祖宗以欺人,述先代而自大。辄曰:"彼何人也,反在霄汉;我何人也,反在泥涂。天道不可凭,人事不可问!"嗟乎!不知此正所谓天道人事也。天道福善祸淫,彼善而富贵,尔淫而贫贱,理也,庸何伤?天道循环倚伏,彼祖宗贫贱,今当富贵,尔祖宗富贵,今当贫贱,理也,又何伤?天道如此,人事即在其中矣。

愚兄为秀才时,检家中旧书簏④,得前代家奴契券,即于灯下焚去,并不返诸其人。恐明与之,反多一番形迹,增一番愧恧⑤。自我用人,从不书券,合则留,不合则去。何苦存此一纸,使吾后世子孙,借为口实,以便苛求抑勒乎!如此存心,是为人处,即是为己处。若事事预留把柄,使入其网罗,无能逃脱,其穷愈速,其祸即来,其子孙即有不可问之事、不可测之忧。试看世间会打算的,何曾打算得别人一点,直是算尽自家耳!可哀可叹,吾弟识之。

【注释】

①臧获:奴婢。汉扬雄《方言》载,荆淮海岱(湖北、湖南、江浙、山东)一带,男奴隶称"臧",女奴隶称"获"。

②舆台、皂隶:衙役。《左传·昭公七年》载,上古人分十等:王、公、大夫、士、皂、舆、隶、僚、仆、台,后六等都是社会地位低下的人。

③失路名家:潦倒落魄的名门子弟。

④簏(lù):用竹篾、柳条或藤条编成的盛器。

⑤愧恧(nǜ):惭愧。

【赏读】

雍正十年壬子(1732)秋,四十岁的板桥赴南京参加乡试。南京是清时江南举行科考的地方。《明史·选举志二》载,顺天(北京)乡试称北闱,江南(南京)乡试称南闱,清时沿用。按清朝规定,被县考录取,得到秀才资格的人可以参加乡试（省考）。乡试合格，考中举人，可以上京会试。会试中了，取得贡士资格，可以参加殿试。殿试及第，就是进士，前三名依次称状元、探花、榜眼。

板桥于康熙五十一年壬辰（时年二十岁）前后考取秀才，有参加乡试的资格。他此次能成行，得力于当时的兴化县令汪芳藻。《兴化县志·宦绩》记载，汪芳藻，字蓉洲，休宁贡生。雍正九年（1731）由教习知县事，当了三年兴化县令，政声、民望皆佳，学问也很好，工诗及骈体文。汪芳藻就任兴化县令这一年，与板桥甘苦与共的徐夫人病殁，家境的举步维艰，加之丧妻的剜心之痛，使板桥几近绝望。他于无奈中写下《除夕前一日上中尊汪夫子》，坦陈自己的穷酸境况："琐事贫家日万端，破裘虽补不禁寒。瓶中白水供先祀，窗外梅花当早餐。结网纵勤河又沍，卖书无主岁偏阑。"并恳切呼吁："明年又值抡才会，愿向秋风借羽翰。"汪芳藻慧眼识英才，赠给了板桥足够的银两，使他信心十足地踏上南京乡试之路。这是板桥的第一次南京之行。

参加完科举考试，他顺便游览了杭州，住处是北山的韬光庵。韬光庵因唐代高僧韬光结庵得名，四周景色宜人。庵内老僧松岳道行很高，已有十年不曾出山了，对板桥的照顾很周到。板桥亦有不少画相赠。其时，板桥已经闻知自己考中了举人。故此信行文徐缓,有气定神闲之态。

这封信提出了一个关于人格平等的问题,可以从以下几个层面来理解:

其一,出身无高低贵贱之分。身份低贱的人,他们同样是"黄帝尧舜之子孙"。富贵人家的后代沦落为贫贱之人,贫贱人家的后代上升为富贵之辈,正是天道循环往复的自然规律。一些"失路名家""落魄贵胄"借祖宗妄自尊大、怨天尤人,甚至欺凌他人,是愚蠢可笑的。

其二,改变命运要靠"奋发有为"。人的卑微、高贵并非天定不变的。天道人事发展变化的关键是个人的"奋发有为"。穷苦贫贱之人要富贵显达,就要发奋努力;富贵显达之辈要保住已有的生活,同样要发奋努力。

其三,"善而富贵","淫而贫贱"。板桥将家里收藏的家奴契约悄悄烧毁,既是为了照顾别人,使人家不至于产生愧疚之情,也是为了照顾自己,使子孙后代没有凭证以殃及他人。否则,贫穷、祸害、忧患会加速到来。反之,心存忠厚方可求得富贵,永世安宁。

其四,对于人的命运而言,富贵与贫贱存在着辩证关系;对于行事而言,"为人处"与"为己处"亦存在着辩证关系。这种认识体现了作者朴素的辩证思想。

作为封建时代的知识分子,板桥能对社会历史发展规律有如此清醒的认识，并正确引导子弟，是难能可贵的。信中用宿命论来解释复杂的社会现象，当然是作者的阶级局限性和时代局限性使然，但其归结到劝人为善这一立足点，就不应被过于苛责了。

焦山读书寄四弟墨

僧人遍满天下,不是西域送来的①。即吾中国之父兄子弟,穷而无归,入而难返者也。削去头发便是他,留起头发还是我。怒眉瞋目,叱为异端而深恶痛绝之,亦觉太过。佛自周昭王时下生,迄于灭度②,足迹未尝履中国土,后八百年而有汉明帝,说谎说梦③,惹出这场事来,佛实不闻不晓。今不责明帝,而齐声骂佛,佛何辜乎?况自昌黎辟佛以来④,孔道大明,佛焰渐息,帝王卿相,一遵"六经""四子"之书,以为齐家治国平天下之道,此时而犹言辟佛,亦如同嚼蜡而已。和尚是佛之罪人,杀盗淫妄,贪婪势利,无复明心见性之规⑤。秀才亦是孔子罪人,不仁不智,无礼无义,无复守先待后之意⑥。秀才骂和尚,和尚亦骂秀才。语云:"各人自扫阶前雪,莫管他家屋瓦霜。"老弟以为然否?偶有所触,书以寄汝,并示无方师一笑也⑦。

【注释】

①西域：汉时对玉门关（今甘肃敦煌西北）以西地区的通称，后指经过西域所能到达的地方。这里指佛教发源地印度。

②灭度：佛教语，谓僧人死亡，意同"涅槃"。

③说谎说梦：《魏书·释老志》载，东汉明帝夜梦金人，大臣傅毅认为此金人即"佛"，明帝派郎中蔡愔等出使西域，取得佛经四十二章和释迦立像。谎，《说文解字》："梦言也。"

④昌黎：韩愈，字昌黎，唐代文学家。辟佛：指韩愈著文倡导儒学，批评佛教，有《谏迎佛骨表》等文章。

⑤明心见性：佛教禅宗派说法，认为佛在人心中，人一旦"明心"（觉悟），就会"见性"，即获得最高的佛性。

⑥守先待后：《孟子·滕文公下》："守先王之道，以待后之学者。"

⑦无方师：和尚，郑板桥的好友。

【赏读】

按清朝规定，乡试、会试每三年举行一次，会试在乡试的第二年进行。

板桥于雍正十年壬子（1732）秋考中举人，翌年逢癸丑会试，按理他可以参加，却没有应试，这恐怕与他的叔父省庵先生去世有关。中国古代有这样的礼节：父母死了，儿子要为之守丧，不治外事，叫"居忧"。板桥三岁丧母，三十岁失父，只有一个叔父，而且省庵先生平日待板桥很好："有叔有叔偏爱侄，护短论长潜覆匿。"（《七歌》）因而，板桥为之执"居忧"之礼。为迎接来年即丙辰朝廷会试，板桥于雍正十三年（1735）赴镇江焦山攻书。这是他进入中年后第二次专心读书的时期，第一次是七年前在兴化天宁寺为参加乡试攻读经书，研习制艺。

焦山位于历史上有名的江南古城镇江东北的大江中，山高七十多米，原名樵山，因古代山上只有樵夫光顾，十分荒凉，故有此称。东汉末年焦光三次拒招为官，隐居在此，遂改称焦山。板桥在焦山读书期间，先居别峰庵，后住双峰阁。这封信与以下三封信都写于此时。

自唐代韩愈（昌黎）力辟佛教以来，历代都有些自视为儒学正宗的读书人视佛教为仇雠，甚至不分青红皂白，凡佛门中人皆非之。

板桥跳出了这种狭隘的门户之见。这封信谈到对待和尚的两种截然不同的态度时，抛开了儒佛之争，而着眼于社会学的问题：如何对待作为普通"人"的和尚。

首先，他认为和尚也是人，"削去头发便是他，留起头发还是我"，都是"吾中国之父兄子弟"。板桥对世人

"怒眉瞋目，叱为异端而深恶痛绝之"的做法感到不满，这是他从贫穷之人的角度看待和尚，认为和尚是因为生活没有出路才出家，出了家又失去了做普通人的权利，受到很多约束，更需要人们的同情和关心。这种态度和他对穷苦百姓的态度是一致的，体现了人本主义的平等的思想。此外，由于不少和尚文化素养很高，板桥一生都爱与和尚交朋友，与他们过往甚密，交情颇深，甚至把他们引为知己。如他与无方上人的交往。他们初识在庐山，板桥第二次进京又专程拜访，"一见空尘俗，相思已十年"（《赠瓮山无方上人》），其殷殷之情可见。这是一方面。另一方面，板桥对当时社会上那些"杀盗淫妄，贪婪势利""不仁不智，无礼无义"的无行和尚和浅薄文人进行尖锐地讽刺和无情地鞭挞，发泄他对黑暗现实的不满和痛恨。其实，这两种态度并不矛盾，它们出现在同一封书信里，不仅可以真实地再现具有独特个性的郑板桥那种爱憎分明的是非观念，而且还能够让我们体察到作者那种明快而真切的文章风格，即毫不掩饰地发常人之未敢发之声、抒常人之未敢抒之情，读来令人觉得痛快淋漓。

仪真县江村茶社寄舍弟①

江雨初晴，宿烟收尽，林花碧柳，皆洗沐以待朝暾②；而又娇鸟唤人，微风叠浪，吴、楚诸山，青葱明秀，几欲渡江而来。此时坐水阁上，烹龙凤茶③，烧夹剪香，令友人吹笛，作《落梅花》一弄④，真是人间仙境也。

嗟乎！为文者不当如是乎！一种新鲜秀活之气，宜场屋⑤，利科名，即其人富贵福泽享用，自从容无棘刺。王逸少、虞世南书⑥，字字馨逸，二公皆高年厚福。诗人李白，仙品也；王维，贵品也；杜牧，隽品也。维、牧皆得大名，归老辋川、樊川，车马之客，日造门下。维之弟有缙，牧之子有荀鹤，又复表表后人⑦。惟太白长流夜郎⑧。然其走马上金銮，御手调羹，贵妃侍砚，与崔宗之著宫锦袍游遨江上，望之如神仙。过扬州未匝月⑨，用朝廷金钱三十六万，凡失路名流、落魄公子，皆厚赠之，此其际遇何如哉！正不得以夜郎为太白病。先朝董思白⑩，我朝韩慕庐⑪。皆以鲜秀之笔，作为制艺⑫，取重当时。思翁犹是庆、历规模，慕庐则一扫从前，横斜疏放，愈不整齐，愈觉妍妙。二公并以大宗伯归老于家⑬，享江山儿女之乐。方百川、灵皋两先生⑭，出慕庐门下，学其文而精思刻酷过之；然一片怨词，满纸凄调。百川早世，灵皋晚达，其崎岖屯难亦至矣，皆其文之所必致也。吾弟为文，须想春江之妙境，挹先辈之美词，令人悦心娱目，自尔利科名，厚福泽。

或曰：吾子论文，常曰生辣，曰古奥，曰离奇，曰淡远，何忽作此秀媚语？余曰：论文，公道也；训子弟，私情也。岂有子弟而不愿其富贵寿考者乎！故韩非、商鞅、晁错之文⑮，非不刻削⑯，吾不愿子弟学之也；褚河南、欧阳率更之书⑰，非不孤峭，吾不愿子孙学之也；郊寒岛瘦⑱，长吉鬼语⑲，诗非不妙，吾不愿子孙学之也。私也，非公也。

是日许生既白买舟系阁下⑳，邀看江景，并游一戗港㉑。书罢，登舟而去。

【注释】

①仪真：今江苏仪征。

②暾（tūn）：初升的太阳。

③龙凤茶：茶饼上印有龙凤形纹饰的团茶，宋时为

贡品。

④《落梅花》：汉横吹曲，也称《梅花落》。弄：乐曲的段落、乐章。

⑤场屋：科举时代考试士子的考场。

⑥王逸少：王羲之，字逸少，东晋书法家。虞世南：字伯施，唐代书法家。

⑦表表：卓异，不寻常。

⑧长流夜郎：《唐书·李白传》载，李白受永王李璘牵连，被朝廷流放夜郎（今贵州桐梓），中途遇赦返回。

⑨匝月：满一个月。匝，满。

⑩董思白：董其昌，字玄宰，号思白。明代书画家。

⑪韩慕庐：韩菼，字元少，号慕庐。官至礼部尚书。

⑫制艺：也称时艺、时文，此处指八股文。

⑬大宗伯：礼部尚书的别名。

⑭方百川：方舟，字百川，清代桐城人，以八股文闻名于世。三十七岁去世。灵皋：方苞，号灵皋，方舟之弟。清代散文家，桐城古文派的创始人。六十四岁方任官左中允。

⑮韩非：战国时韩国没落贵族，法家代表人物，被谗下狱而死。商鞅：春秋时卫国人，帮助秦孝公变法，后被车裂而死。晁错：西汉文帝、景帝时人，积极主张削弱诸侯势力，后被杀死。三人都善写论辩文。

⑯刻削：雕刻与刮削，喻为文精练。

⑰褚河南：褚遂良，唐代书法家。曾封河南郡公，故

称。武则天时被贬远域,忧愤而死。欧阳率更:欧阳询,唐代书法家。曾任太子率更令,故称。

⑱郊寒岛瘦:后人评价中唐诗人孟郊、贾岛诗歌风格之语。二人均以"苦吟"著称,风格凄苦清寒。

⑲长吉:李贺,字长吉,中唐诗人。其诗奇诡,多涉鬼神。宋代严羽在《沧浪诗话》中称其为"鬼才"。

⑳许生既白:许既白,郑板桥的学生。

㉑戗(qiāng):逆,反方向的。一戗港疑为地名。

【赏读】

板桥在焦山读书期间,受学生许既白的邀请,重游了仪真江村。这封信就是这时写的,时间是雍正十三年(1735)夏。

江村与焦山隔水相望,那儿是板桥曾经设席教馆的地方。康熙五十四年(1715),二十三岁的板桥与徐氏结婚。婚后育有两女一男。日益加重的经济负担,迫使他不得不辍学谋生。他曾经到扬州卖画,但他的画立意高雅,不为世俗所重,又没有什么名气,收入很不理想。他只好决定像父亲立庵先生那样,靠教馆持家。大概在康熙五十六或五十七年,板桥二十五六岁时,来到仪真的江村教馆。

事实上,板桥对教馆生活是感到痛苦和羞辱的,他认为读书—科举—做官才是实现他"修齐治平"之志的正途,他热衷科举,渴望出仕。此外,板桥性格独立,而需要仰人鼻息的教馆先生身份与他的个性格格不入。这些使板桥陷入深深的矛盾与痛苦之中。他在步入仕途后,常常回忆起这段生涯,曾根据当时流行的《教馆诗》略加改动,追述那时的教馆生活:"教馆本来是下流,傍人门户度春秋。半饥半饱清闲客,无锁无枷自在囚。课少父兄嫌懒惰,功多子弟结冤仇。而今幸得青云步,遮却当年一半羞。"尽管板桥厌恶教馆生活,但对江村的山光水色、风土人情却颇感惬意。他在《寄许生雪江三首》(其三)中写道:"不舍江干趣,年来卧水村。云揉山欲活,潮横雨如奔。稻蟹乘秋熟,豚蹄佐酒浑。野人欢笑罢,买棹会相存。"把江村新鲜活跃的景色和人情表现得栩栩如生。离开江村后,板桥劳碌奔波,无缘再去,但他仍十分怀念那里的朋友和纯朴的生活,在和旧日学生的书信往来中,他表达了对江村的一往情深。

这次板桥得许生相邀,重游旧地,其心情是可想而知的。这封信开头那段"几欲渡江而来"的江山妙境和"人间仙境"般的游览活动的描写,就是其心情的生动再现。

当然,板桥写这封信的目的并不是为了表现美景和游趣,他借此阐发了自己对制艺文章的看法:"为文,须想春江之妙境。"所谓"为文须想春江之妙境",是说写出令人"悦心娱目"的作品,可以给人带来好运,让人一生享受富贵安逸,没有挫折;创作哀怨凄凉、牢骚满腹的作品,则使人难免陷入困厄之境,一生遭遇艰难坎坷。因为板桥刚刚结束了长时间的应试训练并取得了令人满意的效果,所以他着眼点是"宜科名、利场屋"的馆阁体文章。他列举了不少例子来证明这一点:王羲之、虞世南书法飘逸芳馨,二人都长寿厚福;王维、杜牧是贵人、才人的资质,二人都声名显赫,晚辈优秀;李白是仙人的资质,有过"御手调羹,贵妃侍砚"的非同凡人的生活;董思白、韩慕庐用笔新鲜妍秀,二人都以显位告老还乡;而方百川、方灵皋作文满纸哀怨凄凉,他们或英年早逝,或晚年才显达。他希望子弟学习王羲之、虞世南等人,这样于富贵有帮助,于寿考有益处;他不希望子弟学习韩非子、商鞅、晁错等人,那样于富贵寿考有害无益。

客观地说,板桥在这封信中所发的议论都是以馆阁制文亦即八股文的要求来立论的。这一观点与他的创作理论和实践也是互相矛盾的,关于这一点,板桥自己也意识到了:文章的"生辣""古奥""离奇""淡远"与制艺要求的"秀媚"往往南辕北辙。不过,他对这一矛盾的解释很有意思:"论文,公道也;训子弟,私情也。"原来板桥用不同的标准来区分文艺创作与应试文章,不同的内容和风格,对象不同,训导也相异。何况这是一封诲子弟课读仕进的家书,不同于其他写给众人看的文章,它面对的是亲人,传递的是一份关心慰藉,一份嘱托教导,一份温馨祝福。诚如信中所言:"岂有子弟而不愿其富贵寿考者乎!"板桥的良苦用心是容易得到理解的。

焦山别峰庵雨中无事书寄舍弟墨

秦始皇烧书，孔子亦烧书。删《书》断自唐、虞，则唐、虞以前，孔子得而烧之矣。《诗》三千篇，存三百十一篇，则二千六百八十九篇，孔子亦得而烧之矣。孔子烧其可烧，故灰灭无所复存，而存者为经，身尊道隆，为天下后世法。始皇虎狼其心，蜂虿其性①，烧经灭圣，欲剜天眼而浊人心②，故身死宗亡国灭，而遗经复出。始皇之烧，正不如孔子之烧也。

自汉以来，求书著书，汲汲每若不可及③。魏、晋而下，迄于唐、宋，著书者数千百家。其间风云月露之辞，悖理伤道之作，不可胜数，常恨不得始皇而烧之。而抑又不然，此等书不必始皇烧，彼将自烧也。昔欧阳永叔读书秘阁中④，见数千万卷，皆霉烂不可收拾。又有书目数十卷亦烂去，但存数卷而已。视其人名皆不识，视其书名皆未见。夫欧公不为不博，而书之能藏秘阁者，亦必非无名之子。录目数卷中，竟无一人一书识者，此其自焚自灭为何如！尚待他人举火乎？近世所存汉、魏、晋丛书，唐、宋丛书，《津逮秘书》，《唐类函》，《说郛》，《文献通考》，杜佑《通典》，郑樵《通志》之类，皆卷册浩繁、不能翻刻，数百年兵火之后，十亡七八矣。

刘向《说苑》《新序》，《韩诗外传》，陆贾《新语》，扬雄《太玄》《法言》，王充《论衡》，蔡邕《独断》，皆汉儒之矫矫者也。虽有些零碎道理，譬之"六经"，犹苍蝇声耳，岂得为日月经天，江河行地哉！吾弟读书，"四书"之上有"六经"，"六经"之下有《左》《史》《庄》《骚》，贾、董策略⑤，诸葛表章，韩文、杜诗而已，只此数书，终身读不尽，终身受用不尽。至如《二十一史》⑥，书一代之事，必不可废。然魏收秽书、宋子京《新唐书》⑦，简而枯；脱脱《宋书》⑧，冗而杂。欲如韩文、杜诗脍炙人口，岂可得哉！此所谓不烧之烧，为怕秦灰，终归孔炬耳。"六经"之文，至矣尽矣，而又有至之至者：浑沦磅礴⑨，阔大精微，却是家常日用，《禹贡》、《洪范》、《月令》、"七月流火"是也⑩。当刻刻寻讨贯串，一刻离不得。张横渠《西铭》一篇⑪，巍然接"六经"而作，呜呼休哉！

雍正十三年五月廿四日，哥哥字。

【注释】

①虿(chài)：蝎类毒虫。

②天眼：佛教语。佛教认为"天眼"能烛观过去和将来。

③汲汲：心情急切的样子。

④欧阳永叔：欧阳修，字永叔，自号醉翁、六一居士。北宋文学家。

⑤贾、董策略：指西汉贾谊、董仲舒的政论文。

⑥《二十一史》：明万历年间，国子监把宋、辽、金、元四史和宋英宗时刊刻的《十七史》合刻，称《二十一史》。

⑦魏收：北齐史学家。奉诏编撰《魏书》，借机收录和褒扬其亲友事迹，并多方贬抑与自己不合之人，后人讥讽其所撰《魏书》为"秽史"。

⑧脱脱：字大用，蒙古人。曾主持修撰辽、金、宋三史。

⑨浑沦磅礴：语出扬雄《太玄》"昆仑旁薄"，意为天地广阔无边，无所不为覆盖。

⑩《禹贡》《洪范》：《尚书》中的篇目。《月令》：《礼记》中的篇目。七月流火：《诗经·豳风·七月》中的诗句。

⑪张横渠：张载，北宋理学家。凤翔郿县（今陕西眉县）横渠镇人，世称"横渠先生"。《西铭》：原为《正蒙·乾称篇》中的一部。张载讲学，将其旧作《乾称篇》分为《砭愚》《订顽》，分别张贴于学堂东、西窗下；程颐更名为《东铭》

《西铭》。《西铭》即《订顽》，主要内容是阐释孟子行善论。

【赏读】

板桥在焦山为成就功名潜心苦读，亦时时不忘教导子弟读书。此时，他置身别峰庵，看窗外蒙蒙烟雨，浮想联翩。他总结了自己对读书的些许感悟，希望子弟能从这些认识和经验中得到启示。

板桥对读书的研究颇为深透，他此信谈到的读书窍门，虽然是从纯儒的观点出发，不免偏颇，但既精到又切合实务，主要涉及两个方面：

一是肯定"孔子之烧"，强调选择作品应注重其自身价值。

与秦始皇为毁灭文明、愚弄人心而焚烧经书、灭绝圣典不同，孔子烧掉的是于世于民无益的书。板桥告诫读书人，面对"卷册浩繁"的书籍，应有孔子的眼光和胆识，鉴别作品的优劣，择而读之。板桥在此特别强调文章能否流传后世，主要由作品本身的质量决定，那些没有价值的文章，即使得以问世，终将落得不"待他人举火"，就"自焚自灭"的下场，历史的取舍是公正的。

二是讲究"终身受用不尽"，提倡读书贵"精"不贵"博"。

古人一向讲究读书要多，阅历要广，所谓"读万卷书,行万里路"。板桥却说:"读书数万卷,胸中无适主,便如暴富儿,颇为用钱苦。"他认为在广泛阅读的同时,读者必须对文化遗产有所取舍,做到精读书——有选择地多读书。他在《〈随猎诗草〉〈花间堂诗草〉跋》中明确表示:"《五经》《廿一史》《藏》十二部,句句都读,便是呆子;汉魏六朝三唐两宋诗人,家家都学,便是蠢才。"可见板桥以为读书求多是无用的,应该读那些"终身读不尽,终身受用不尽"的书。信中还具体提到了一些重要的精读书籍,包括"六经"、"四书"、《左传》、《史记》、《庄子》、《离骚》、贾谊和董仲舒的策论、诸葛亮的表章、韩愈的文章和杜甫的诗歌等。在这些书籍中,还可以精益求精,如"六经"中又可以进一步精读"《禹贡》、《洪范》、《月令》、'七月流火'"这些作品。

需要指出的是,板桥在信中列出一些儒家文史经典,强调读书贵"精",并不是抹杀其他文化遗产。一方面,这是一封写给年轻的弟弟(板桥比郑墨大二十五岁)的信,年轻的学子当然最忌过杂地看书,这封信具有很强的针对性。另一方面,板桥自己的读书面就极广,诸子百家道藏佛典都有所涉猎,他在《板桥自序》中曾不无自负地说:"读书虽不多,亦不少。"在这封信中,他赞叹张载"《西铭》一篇,巍然接'六经'而作",真是美好极了。这里顺便提及张载对板桥的影响。宋代哲学家张载在其名篇《西铭》中提出"民胞物与"的观点,他说"民吾同胞,物吾与也",这种万物同胞、人人平等的思想备受板桥推崇,对板桥民本思想的形成产生了积极影响。

焦山双峰阁寄舍弟墨

郝家庄有墓田一块，价十二两，先君曾欲买置①，因有无主孤坟一座，必须刨去。先君曰："嗟乎！岂有掘人之冢以自立其冢者乎！"遂去之。但吾家不买，必有他人买者，此冢仍然不保。吾意欲致书郝表弟②，问此地下落，若未售，则封去十二金③，买以葬吾夫妇。即留此孤坟，以为牛眠一伴④。刻石示子孙，永永不废，岂非先君忠厚之意而又深之乎！夫堪舆家言⑤，亦何足信。吾辈存心，须刻刻去浇存厚⑥，虽有恶风水，必变为善地，此理断可信也。后世子孙，清明上冢，亦祭此墓，卮酒、只鸡、盂饭、纸钱百陌⑦，著为例。

雍正十三年六月十日，哥哥寄。

【注释】

①先君：指死去的父亲。

②郝表弟：郑板桥继母姓郝，郝表弟应为其继母兄弟之子。

③十二金：十二两银子。

④牛眠：葬地的别称。典出《晋书·周访传》："初，陶侃微时，丁艰，将葬，家中忽失牛而不知所在。遇一老父，谓曰：'前岗见一牛眠山污中，其地若葬，位极人臣矣。'"

⑤堪舆家：俗称风水先生。

⑥去浇存厚：摈弃浮薄念头，保存忠厚心性。

⑦卮（zhī）：古代盛酒的器皿。陌：一百文钱为一陌。

【赏读】

板桥读书焦山，在荒山古庙中思绪纷纭，他想到了自己的身后事，想到郝家庄那块曾被父亲拒绝的"墓田"和"墓田"里那座"无主孤坟"的命运，于是写下这封信。

板桥的父亲不愿意"掘人之冢以自立其冢"，所以不肯买那块有"无主孤坟"的墓地；板桥担忧"无主孤坟"难以得到完好保存，因此想买下那块墓地，"以为牛眠一伴"。他还嘱咐"后世子孙，清明上冢，亦祭此墓"，"永永不废"。父子两人的取舍不同，但想法却是相通的，他们的买与不买都表现了儒家"推己及人"的思想。在封建士大夫的眼中，风水宝地向来很值得注重，是不容别人沾光的。板桥同样看重风水宝地，但在这个问题上，他更强调"去浇存厚"的品性，即摈弃浇薄之心，留存忠厚之性，认为具有这样的品德，邪恶也会变得美好。

因此,他教育子弟存心"须刻刻去浇存厚"。他想借买墓地这件事,帮助子弟塑造"爱人"的理想人格,以"仁"传家。

此信虽短,所述之事也很简单,却处处使人感受到板桥父子的仁爱之心。上封信谈及板桥身上深厚的儒学功底,这与他的家学渊源,以及他童年、少年时代从师学习的经历有着极其密切的关系。

板桥的启蒙老师就是他的父亲立庵先生。立庵先生是个品学兼优的廪生,他设馆授徒,先后教过几百名学生,这些学生在学业上都有一定成就。板桥资质聪慧,从小就得到父亲的喜爱和悉心教育。板桥三岁时,立庵先生就教他识字;五六岁时教他读诗背诵;六岁以后教他读四书五经,要求抄写熟记;八九岁时教他作文联对。板桥童年、少年时代接受这样的文化教育和熏陶,奠定了他坚实的儒家文化思想基础,他的"泽加于民""去浇存厚""农夫第一"……都折射出儒学的特质和基本精神。这些在这封信中都可见端倪。

淮安舟中寄舍弟墨

以人为可爱，而我亦可爱矣；以人为可恶，而我亦可恶矣。东坡一生觉得世上没有不好的人，最是他好处。愚兄平生漫骂无礼，然人有一才一技之长，一行一言之美，未尝不啧啧称道。囊中数千金，随手散尽，爱人故也。至于缺厄欹危之处①，亦往往得人之力。好骂人，尤好骂秀才。细细想来，秀才受病②，只是推廓不开，他若推廓得开，又不是秀才了。且专骂秀才，亦是冤屈，而今世上那个是推廓得开的？年老身孤，当慎口过③。爱人是好处，骂人是不好处。东坡以此受病④，况板桥乎！老弟亦当时时劝我。

【注释】

①缺厄欹危：困苦危难。缺厄，困厄，困苦。欹，倾斜。

②受病：被人批评。

③口过：言语的过失。

④受病：遭受祸患。指苏东坡仕途坎坷，多次被贬谪。

【赏读】

这封信写于乾隆六年（1741）九月，板桥由扬州上京候补京官，路过淮安。此时距板桥中进士已五年之久，他一直没有谋到官职。

乾隆元年（1736），经过焦山苦读的板桥第二次进京，参加丙辰会试。经过殿试，考中了二甲第八十八名进士。（《清朝历科题名碑录》初集）历经二十多年的岁月，经历了许多人生磨难，才成就了这样的"正果"。板桥为此兴奋不已，自镌一枚闲章曰："康熙秀才、雍正举人、乾隆进士。"并得意扬扬地画了一幅《秋葵石笋图》，题诗云："牡丹富贵号花王，芍药调和宰相祥。我亦终葵称进士，相随丹桂状元郎。"

可是，板桥的求仕之路并不顺利。考中进士后，他盘桓京师谋取官职。他那丑陋的容貌、狂傲的性格和横溢惊座的才华，都是进入仕途的大忌。于是，他以唐代著名文人韩愈三上宰相书自荐为先例，上书权贵，以求得以重用。《读昌黎上宰相书因呈执政》写道："常怪昌黎命世雄，功名之际太匆匆。也应不肯他途进，惟有修书谒相公。"应该指出的是，板桥的干谒并非屈志辱节的求官，而是基于"大丈夫不能立功天地，字养生民，而以区区笔墨供人玩好,非俗事而何"(《潍县署中与舍弟第五书》)的思想,企图"得志则泽加于民",一展抱负。现在能见到的板桥干谒诗《呈长者》两首:"御沟杨柳万千丝,雨过烟浓嫩日迟。拟折一枝犹未折,骂人春燕太娇痴。""桃花嫩汁捣来鲜,染得幽闺小样笺。欲寄情人羞自嫁,把诗烧入博山烟。"羞于自荐而又不得不自荐的心情溢于言表。然而,由于雍正刚死,乾隆新立,朝廷党派之争相当激烈。板桥毫无政治背景,他的干谒活动当然不会取得积极的效果。在北京待了将近一年后,板桥怏怏地回到了家乡。乾隆六年九月,板桥第三次进京。这次进京可能是奉吏部之召,也可能是自己去进行谋官活动。不管什么原因,这次进京终于使板桥"泽加于民"的愿望变成现实。他被朝廷任命为山东范县县令,从此踏上梦寐以求的仕途。在此,我们不得不提到板桥此次在北京结识的慎郡王。

慎郡王允禧,字谦斋,号紫琼道人,康熙第二十一子、雍正的弟弟、乾隆的叔父。他与乾隆同年出生,当时只有三十一岁。《清史稿·圣主诸子》谓"允禧诗清秀,尤工画,远希董源,近接文徵明"。沈德潜《清诗别裁集》谓"(允禧)勤政之暇,礼贤下士。画宗元人,诗宗唐人,品近河间、东平,而多能游艺,又间、平所未闻也"。允禧很敬慕板桥,他作了一篇五百字的骈文,要易祖栻、傅凯亭送给板桥，表示仰慕之意。板桥到慎郡王府后，允禧对他礼遇有加，亲自割肉款待，说："昔太白御手调羹，今板桥亲王割肉，先后之际何多让焉！"允禧将自己的《随猎诗草》《花间堂诗草》送请板桥指正并作序。板桥读后，欣然撰跋。板桥能在中进士六年后，得到山东范县县令一职，很可能是由于慎郡王的斡旋。板桥对朝廷给予自己的重用感激万分，上任前写了《将之范县拜辞紫琼崖主人》，其中有"我朝开国于今烈，文武成康四圣人"，把顺治、康熙、雍正、乾隆比喻成周朝文、武、成、康四代国君加以称颂。允禧也作有《紫琼崖主人板桥燮为范县令》，表达对朋友的依恋，鼓励板桥报效朝廷。后来，板桥还写过《玉女摇仙佩·寄呈慎郡王》《画兰寄呈紫琼崖道人》《与紫琼崖主人书》等诗文，表示自己的眷恋和知遇之感，并在《刘柳村册子》《板桥自序》中都感激涕零地记载了慎郡王的礼遇。

这封信强调的"爱人"与上封信倡导的"去浇存厚"一脉相承，都是板桥教育子弟塑造理想人格的一个方面，深深浸润着儒家"温柔敦厚"的基本精神。板桥认为，"以人为可爱，而我亦可爱矣；以人为可恶，而我亦可恶矣"，明白这个道理，就首先应在主观上树立"爱人"的观念，然后在行动上做到善于赞美他人，乐于援助别人。因为珍爱他人就是珍爱自己，尊重别人就是对自己的尊重。板桥提出的"爱人"观点，具有尊重人格的意识，包含人性平等的因素，是一种对社会人际关系的憧憬。这种人与人相互报答的设想，即使在二十一世纪的今天，仍然是人类孜孜以求的美好图景。

板桥信中还提到了"好骂人"，"尤好骂秀才"，这似乎与"爱人"的观点相悖，其实不然。他骂秀才，原因是秀才"推廓不开"，心胸狭窄，关注的往往是自己，而不是百姓。他无奈地叹息："而今世上那个是推廓得开的?"能关注民生、体察百姓的人真是太少了！据此看来，板桥的"骂人"恰恰是"爱人"的表现。他所主张的"爱人"，在很大程度上是爱普通老百姓。他的"橐中数千金，随手散尽""汝执俸钱南归，可挨家比户，逐一散给……务在金尽而止"等，就说明了这一点。

范县署中寄舍弟墨

刹院寺祖坟，是东门一枝大家公共的，我因葬父母无地，遂葬其傍。得风水力，成进士，作宦数年无恙。是众人之富贵福泽，我一人夺之也，于心安乎？不安乎？可怜我东门人，取鱼捞虾，撑船结网；破屋中吃秕糠，啜麦粥①，搴取荇叶、蕴头、蒋角煮之②，旁贴荞麦锅饼，便是美食，幼儿女争吵。每一念及，真含泪欲落也。汝持俸钱南归，可挨家比户，逐一散给。南门六家，竹横港十八家，下佃一家，派虽远，亦是一脉，皆当有所分惠。骐骥小叔祖亦安在？无父无母孤儿，村中人最能欺负，宜访求而慰问之。自曾祖父至我兄弟四代亲戚，有久而不相识面者，各赠二金，以相连续，此后便好来往。徐宗于、陆白义辈③，是旧时同学，日夕相征逐者也。犹忆谈文古庙中④，破廊败叶飕飕，至二三鼓不去；或又骑石狮子脊背上，论兵起舞，纵言天下事。今皆落落未遇，亦当分俸以敦夙好⑤。凡人于文章学问，辄自谓己长，科名唾手而得,不知俱是侥幸。设我至今不第,又何处叫屈来?岂得以此骄倨朋友!敦宗族,睦亲姻,念故交,大数既得;其余邻里乡党,相赒相恤⑥,汝自为之,务在金尽而止。愚兄更不必琐琐矣。

【注释】

①啜(chuò):喝。

②搴(qiān)取:摘取。荇(xìng):荇菜,一种多年生草本植物。蕰头:蔴根,一种水生植物,嫩时可吃。蒋(jiāng)角:俗名茭白。

③徐宗于:其人不详。陆白义:名骖,字白义,庠生,工书法,尤擅狂草。《兴化县志》有传。

④古庙:指兴化天宁寺。

⑤敦凤好:增加旧日情谊。敦,厚。凤好,旧好。

⑥赒(zhōu):周济,救济。

【赏读】

乾隆七年(1742),五十岁的板桥怀着对慎郡王的感激和"立功天地,字养生民"(《潍县署中与舍弟第五书》)的理想,骑着毛驴,带着年轻貌美的饶氏夫人和书童,到范县走马上任。

范县地处黄河北岸,清时属山东曹州府管辖(今属河南)。县城仅四五千户人家，约十万人口，农民勤于劳作，民风古朴醇厚，是一个朴实宁静的地方。乾隆七年至乾隆十一年（1742~1746），板桥在范县担任县令，他为官清正，勤政爱民，深恐不了解民情，愧对百姓，因而经常微服徒步，深入民间；听讼决案时，也每每维护弱小，抑制豪强。板桥执政四年，范县五谷丰登，民安盗息。

此信写于乾隆九年（1744），板桥在范县任职已有两年了。

板桥以为其父母因葬"刹院寺祖坟"，"得风水力"，所以自己仕途平坦，生活安定。他的自足自乐之意是比较明显的。这个时期，确实是板桥一生中最得意的时候。一方面，经历了二十多年的孤灯相伴、书海苦修和几年酸甜苦辣、难以言状的谋官生涯，他终于实现了"大丈夫兼济天下"的理想，并"清静无为"地管理着一方百姓，让他们过着安居乐业的生活。另一方面，其妾饶氏生下一子，家庭生活倍增情趣。

但"众人之富贵福泽，我一人夺之也，于心安乎？不安乎？"个人的惬意生活没有使板桥忘乎所以，他心中念念不忘"我东门人"的穷困生活。板桥老家在兴化东门外，族人多靠作田捞虾度日。他为官前读书、教书的地点多在农村，对广大农民的艰难生活十分了解。他有不少反映这方面内容的作品，较为典型的如《田家四时苦乐歌》。写到春季时有"夜月荷锄村犬吠，晨星叱犊山沉雾。到五更惊起是荒鸡，田家苦"。写到夏季时有"脱笠雨梳头顶发，耘苗汗滴禾根土。更养蚕忙杀采桑娘，田家苦"。写到秋季时有"霜穗未储终岁食，县符已索逃租户。更爪牙常例急于官，田家苦"。写到冬季时有"老树槎丫，撼四壁寒声正怒。扫不尽牛溲满地，粪渣当户。茅舍日斜云酿雪，长堤路断风吹雨。尽村春夜火到天明，田家苦"。类似的作品还有《李氏小园》《道情十首》等。

板桥对贫弱百姓不仅给予同情，而且尽其所能给予帮助。郑墨从兴化到范县看望板桥，板桥将几年来积蓄的俸钱交给他带回家去，要他在同宗叔侄中"挨家比户，逐一散给"，尤其对"无父无母孤儿"，"宜访求而慰问之"，"务在金尽而止"。板桥做官而不忘本，得志而不骄倨，厚待同宗，亲近亲戚，关怀故友，慰问邻居，其中流露出的一片真情十分感人。

作为长者，板桥在这封家信里为子弟树立了一个极好的榜样，他时时不忘以"仁"传家，福及后代。

范县署中寄舍弟墨第二书

吾弟所买宅，严紧密栗①，处家最宜，只是天井太小，见天不大。愚兄心思旷远，不乐居耳。是宅北至鹦鹉桥不过百步，鹦鹉桥至杏花楼不过三十步②，其左右颇多隙地。幼时饮酒其傍，见一片荒城，半堤衰柳，断桥流水，破屋丛花，心窃乐之。若得制钱五十千③，便可买地一大段，他日结茅有在矣。吾意欲筑一土墙院子，门内多栽竹树草花，用碎砖铺曲径一条，以达二门。其内茅屋二间，一间坐客，一间作房，贮图书史籍、笔墨砚瓦、酒董茶具其中，为良朋好友、后生小子论文赋诗之所。其后住家，主屋三间，厨屋二间，奴子屋一间，共八间。俱用草苫，如此足矣。清晨日尚未出，望东海一片红霞。薄暮斜阳满树，立院中高处，便见烟水平桥。家中宴客，墙外人亦望见灯火。南至汝家百三十步，东至小园仅一水，实为恒便。或曰：此等宅居甚适，只是怕盗贼。不知盗贼亦穷民耳，开门延入，商量分惠，有甚么便拿甚么去；若一无所有,便王献之青毡④,亦可携取质百钱就急也⑤。吾弟当留心此地,为狂兄娱老之资,不知可能遂愿否?

【注释】

①密栗:坚固。

②步:清代以五营造尺为一步,每营造尺约合0.32米。

③制钱:国家所铸铜钱,外圆,内有方孔。每千钱约可兑换银子一两。

④王献之青毡:士人故家旧物的代称。《晋书·王献之传》载,献之"夜卧斋中,而有偷人入其宅,盗物都尽。献之徐曰:'偷儿,青毡我家旧物,可特置之。'群偷惊走"。

⑤质:典当。

【赏读】

此信的写作时间与上封信相同,当为乾隆九年(1744)。板桥在信中向郑墨介绍了自己的住宅蓝图,描绘了他日后赋闲在家的生活情景,表现了其特异的审美情趣和思想性格。

板桥对堂弟"严紧密栗"的居家环境并不欣赏,他率真地表示,胸怀宽阔的自己不喜欢居住在"见天不大"的宅院里,而对"一片荒城,半堤衰柳,断桥流水,破屋丛花"的那片空地很感兴趣。板桥有着独特的审美情趣，他崇尚自然质朴，不爱冗繁浮华，尤其重视自然界对人的性情的陶冶作用。在《仪真县江村茶舍寄舍弟》中，他谈到了"春江之妙境"对艺术创作的好处；在《潍县署中与舍弟墨第二书》中，他用抒情的笔调展现出诗意的自然幻象："欲养鸟莫如多种树，使绕屋数百株，扶疏茂密"，"将旦时，睡梦初醒，尚展转在被，听一片啁啾，如《云门》《咸池》之奏"。在这封信里，又表现了他对美好自然环境的渴求。

板桥也是崇尚自然的。这封信里描绘了这样的生活场景："清晨日尚未出，望东海一片红霞。薄暮斜阳满树，立院中高处，便见烟水平桥。"自然美景为生活增添了无穷趣味。他的一些诗作表现了同样的闲情逸致，如《闲居》："懒慢从来应接疏，闭门扫地足闲居。荆妻试砚磨新墨，弱女持笺索楷书。柿叶微霜千点赤，纱橱斜日半窗虚。江南大好秋蔬菜，紫笋红姜煮鲫鱼。"作者将柿叶、蔬菜、红姜、鲫鱼等日常菜食入诗，表现了对自然生活的向往，充满闲适的情趣。又如《山中夜坐再陪起上人作》："晨起望诸山，烟岚溙涨塞。阳乌初出海，气弱不得力。墨云横亘天，稚霞敛颜色。重帛那禁寒，拥裘坐岩崷。露重如小雨，径危滑难陟。酸枣垂累累，瓜果蔓寒棘。招手谓山鸟，与尔得饱食。"诗人抓住晨起观山的感受展开描写，从山中湿气、初日、天色、气温、晨露等多方面着笔，在饶有野趣的环境中，他情不自禁地要招手与山鸟对语了。板桥这种不同凡俗的审美情趣体现了"适天""全性"的哲学思想。

然而，板桥终其一生，未能把他设计的住宅蓝图变为现实。按理，做了十二年七品县令的板桥，花"制钱五十千"买地，再筑八九间茅屋，并不是一件难事。但他可以为受灾的百姓一掷千金（如乾隆十一年秋，潍县大旱，板桥把自己一千两左右的"养廉银"拿出来，代替赋税，大大减轻了百姓的负担），却没有力量建起自己理想的宅院，其为官待民之道令人唏嘘不已。

这封信的末尾还谈到愿意与盗贼"商量分惠"的话题。板桥认为小偷也是穷人，若不是被逼无奈，不会做此下贱之事。如果家里被偷，有什么就给他们什么。假若没有值钱的东西，就像王献之家传的青毡也可以让他们拿去典当百把个铜钱救救急。板桥不愧为"狂放"之士，他的这番言语大出常人意料，却又一次真真切切地让读者感受到他"仁者爱人"、善于体察百姓疾苦的思想品德。

范县署中寄舍弟墨第三书

禹会诸侯于涂山，执玉帛者万国①。至夏、殷之际，仅有三千，彼七千者竟何往矣？周武王大封同异姓，合前代诸侯，得千八百国，彼一千余国又何往矣？其时强侵弱，众暴寡，刀痕箭疮，薰眼破胁②，奔窜死亡无地者，何可胜道。特无孔子作《春秋》、左丘明为传记③，故不传于世耳。世儒不知，谓春秋为极乱之世，复何道？而春秋已前，皆若浑浑噩噩④，荡荡平平，殊甚可笑也。以太王之贤圣⑤，为狄所侵⑥，必至弃国与之而后已。天子不能征，方伯不能讨⑦，则夏、殷之季世，其抢攘淆乱为何如，尚得谓之荡平安辑哉！至于《春秋》一书，不过因赴告之文⑧，书之以定褒贬，左氏乃得依经作传。其时不赴告而背理坏道乱世破灭者，十倍于《左传》而无所考。即如"汉阳诸姬，楚实尽之"⑨，诸姬是若干国？楚是何年月日如何殄灭他？亦寻不出证据来。学者读《春秋》经传，以为极乱，而不知其所书，尚是十之一、千之百也。

嗟乎！吾辈既不得志于时，困守于山椒海麓之间，翻阅遗编，发为长吟浩叹，或喜而歌，或悲而泣。诚知书中有书，书外有书，则心空明而理圆湛，岂复为古人所束缚，而略无张主乎⑩！岂复为后世小儒所颠倒迷惑，反失古人真意乎！虽无帝王师相之权，而进退百王，屏当千古，是亦足以豪而乐矣。

又如《春秋》，鲁国之史也，使竖儒为之，必自伯禽起首⑪，乃为全书，如何没头没脑，半路上从隐公说起？殊不知圣人只要明理范世，不必拘牵。其简册可考者考之，不可考者置之。如隐公并不可考，便从桓、庄起亦得⑫。或曰：《春秋》起自隐公，重让也；删《书》断自唐、虞，亦重让也。此与儿童之见无异。试问唐、虞以前天子，那个是争来的？大率删《书》断自唐、虞，唐、虞以前，荒远不可信也；《春秋》起自隐公，隐公以前，残缺不可考也，所谓史阙文耳。总是读书要有特识，依样葫芦，无有是处。而特识又不外乎至情至理，歪扭乱窜，无有是处。

人谓《史记》以吴太伯为《世家》第一⑬，伯夷为《列传》第一⑭，俱重让国。但《五帝本纪》以黄帝为第一，是戮蚩尤用兵之始，然则又重争乎？后先矛盾，不应至是。总之，竖儒之言，必不可听，学者自出眼孔，自竖脊骨读书可尔。

乾隆九年六月十五日，哥哥字。

【注释】

①玉帛：诸侯合盟时所执的礼物。

②薰眼：用马粪熏瞎眼睛。《史记·刺客列传》作"矐目"。

③特：只，不过。

④浑浑噩噩：语出汉扬雄《法言·问神》，形容上古时纯朴的社会风气。

⑤太王：周朝祖先周太王。又称古公亶父，姬姓，名亶。

⑥狄：古代北方少数民族。

⑦方伯：《礼记·王制》载，夏、商、周时，每一地区的诸侯中有一位领袖，称"方伯"。

⑧赴告：古代诸侯互报丧事的文告称"赴"，互报祸福的文告称"告"。

⑨"汉阳诸姬，楚实尽之"：语出《左传·僖公二十八年》，汉阳为周王朝同姓诸侯（姬姓），后被楚灭。

⑩张主：主张。

⑪伯禽：鲁国第一代国君，周公旦之子，周成王之堂兄。

⑫桓、庄：鲁隐公后相继的两位国君。

⑬吴太伯：周太王之长子。《史记·吴太伯世家》载，太伯在吴立国，自号"句吴"，武王追封为"太伯"。

⑭伯夷：孤竹国君长子。《史记·伯夷列传》载，孤竹

国君欲立次子叔齐，伯夷在父亲死后弃国出走，叔齐亦效法伯夷，传为美谈，史称"夷齐让国"。

【赏读】

此信亦写于乾隆九年（1744），是一篇关于读书的经验之谈，提出了读书要有"特识"的主张。

板桥在这封信里教育子弟："竖儒之言，必不可听，学者自出眼孔，自竖脊骨读书可尔。"认为"读书要有特识"，既不能为"古人所束缚"，也不能为"后世小儒所颠倒迷惑"，而应该明白"书中有书，书外有书"的道理，以我之心，"进退百王，屏当千古"。这里所言"特识"，是指独特的眼光，意思是读书应该独立思考，而不人云亦云，依样画葫芦。板桥在信中以读《春秋》《左传》《史记》等典籍为例，反复申说。他这一立论的基点是颇高的。历代有成就的文人取得成功，读书有"特识"是重要的因素之一，板桥强调这一点实乃真知灼见。那么，"特识"又来源于何处呢？他在信中进一步分析道："特识"离不开至情至理。离开了通情达理，随意曲解改窜，没有不出问题的。板桥对"特识"源自至情至理的见解，与明清时期鼓吹情理的思潮是合拍的。

板桥的"特识"之见也表现在他的艺术创作实践中。他主张艺术创作要自具面目，反对因袭模仿。他在一首题画诗里宣称:"我今不肯从人法,写出龙须凤尾排。"在《与江宾谷、江禹九书》中提出:"学者当自树旗帜。"在《板桥先生印册》中也指出:"凡作文当作主子文章,不可作奴才文章。"他还特地刻了一方"郑为东道主"印,以明其志。板桥的反复申说,语重心长。这是冲决一切罗网,打破一切束缚,敢于独立创造,乐于不断进取的艺术家的伟大勇气和可贵精神,亦即把艺术的独创性作为审美理想的第一位的要求。它与板桥"束狂入世犹嫌放,学拙论文尚厌奇"(《自遣》)的"狂怪"性格相互映衬,显示了他对无古无今、毫不依傍的独创精神的大胆追求。

当然,独立的艺术风格并不是凭空产生的,重要的是吸取各家精华,而又为我所用,推陈出新。所以板桥对前辈及有成就的大家,能正确地加以取舍,只师其意,不师其迹,十分学七,还要抛三。正可谓生吞活剥不可取,着意领悟融会方得要领。板桥在艺术实践中不断总结求活、求创、求变、求新的艺术经验,遵照"不泥古法,不执己见"的主张,坚持创作个性。因此,他的诗文能"自出己意",他的绘画能"无古无今",他的书法能"怒不同人",诗、画、书各方面都能旷世独立,自成一派。

范县署中寄舍弟墨第四书

十月二十六日得家书,知新置田获秋稼五百斛①,甚喜。而今而后,堪为农夫以没世矣!要须制碓,制磨,制筛罗簸箕,制大小扫帚,制升、斗、斛。家中妇女,率诸婢妾,皆令习舂揄蹂簸之事②,便是一种靠田园长子孙气象。天寒冰冻时,穷亲戚朋友到门,先泡一大碗炒米送手中,佐以酱姜一小碟,最是暖老温贫之具。暇日咽碎米饼,煮糊涂粥,双手捧碗,缩颈而啜之,霜晨雪早,得此周身俱暖。嗟乎!嗟乎!吾其长为农夫以没世乎!

我想天地间第一等人,只有农夫,而士为四民之末。农夫上者种地百亩,其次七八十亩,其次五六十亩,皆苦其身,勤其力,耕种收获,以养天下之人。使天下无农夫,举世皆饿死矣。我辈读书人,入则孝,出则弟③,守先待后,得志泽加于民,不得志修身见于世,所以又高于农夫一等。今则不然,一捧书本,便想中举、中进士、作官,如何攫取金钱、造大房屋、置多田产。起手便错走了路头，后来越做越坏，总没有个好结果。其不能发达者，乡里作恶，小头锐面④，更不可当。夫束修自好者，岂无其人；经济自期⑤，抗怀千古者，亦所在多有。而好人为坏人所累，遂令我辈开不得口；一开口，人便笑曰："汝辈书生，总是会说，他日居官，便不如此说了。"所以忍气吞声，只得挨人笑骂。工人制器利用，贾人搬有运无，皆有便民之处。而士独于民大不便，无怪乎居四民之末也！且求四民之末而亦不可得也！

愚兄平生最重农夫。新招佃地人，必须待之以礼。彼称我为主人，我称彼为客户，主客原是对待之义，我何贵而彼何贱乎？要体貌他⑥，要怜悯他；有所借贷，要周全他；不能偿还，要宽让他。常笑唐人《七夕》诗，咏牛郎织女，皆作会别可怜之语，殊失命名本旨。织女，衣之源也；牵牛，食之本也。在天星为最贵，天顾重之⑦，而人反不重乎！其务本勤民，呈象昭昭可鉴矣。吾邑妇人，不能织绸织布，然而主中馈⑧，习针线，犹不失为勤谨。近日颇有听鼓儿词，以斗叶为戏者⑨，风俗荡轶，亟宜戒之。

吾家业地虽有三百亩，总是典产⑩，不可久恃。将来须买田二百亩，予兄弟二人，各得百亩足矣，亦古者一夫受田百亩之义也⑪。若再求多，便是占人产业，莫大罪过。天下无田无业者多矣，我独何人，贪求无厌，穷民将何所措足乎！或曰：世上连阡越陌⑫，数百顷有余者，子将奈何？应之曰：他自做他家事，我自做我家事，世道盛则一德遵王⑬，风俗偷则不同为恶，亦板桥之家法也。

哥哥字。

【注释】

①斛（hú）：古代量器。十升为一斗，五斗为一斛。

②舂揄（yóu）蹂簸：捣捶、舀取、揉搓、簸荡。《诗经·大雅·生民》中有："或舂或揄，或簸或蹂。"蹂，通"揉"。

③"入则"二句：语出《论语·学而》："弟子入则孝，出则弟。"弟，同"悌"，尊敬兄长。

④小头锐面：形容相貌猥琐。

⑤经济：经世济民。

⑥体貌：以礼相待。

⑦顾：副词，却。

⑧中馈：指妇女在家主持日常饮食等事务。

⑨斗叶：玩纸牌。叶，叶子，一种纸牌。

⑩典产：别人抵押的田产，可随时取赎。

⑪一夫受田百亩：《唐书·食货志》："古者田百亩号一夫，盖一夫授田不得过百亩。"

⑫连阡越陌：指土地广大。阡、陌为田间小路，南北向称"阡"，东西向称"陌"。

⑬遵王：遵守政令。

【赏读】

此信写于乾隆九年（1744）秋，是板桥"天下以农为本"思想的集中体现。

板桥出身于破落的地主家庭，其出生和成长的环境是相当贫困的。他熟悉农民，并给予他们极大的同情。在范县，板桥又"芒鞋问俗"，深入农民春耕夏耘、秋获冬藏的生活，观察他们栽枣种梨、植桑养蚕、放鸭养鹅、男婚女嫁、应差服役等各个生活侧面，终于使他清醒地认识到了农民的地位和作用。他在这封信里很明确地说"天地间第一等人，只有农夫"，理由是："农夫……皆苦其身，勤其力，耕种收获，以养天下之人。"故而，农夫的作用极其重要："使天下无农夫，举世皆饿死矣。"他甚至从星象学上也找出支持自己这种理论的根据来："织女，衣之源也；牵牛，食之本也。在天星为最贵，天顾重之，而人反不重乎！其务本勤民，呈象昭昭可鉴矣。"

板桥在信中提出了"农工商士"的观念，它恰与中国旧民主主义革命时期"农工商学兵"的口号相吻合，这种开明的见解在封建社会里是非常难得的。"农"与

"士"是封建时代两个不同的阶层,板桥视"农"为头等,"士"为末等,极力主张平等宽厚地对待农民,严厉抨击言行不一的读书人,褒贬态度,很是鲜明。他为"吾其长为农夫以没世"而欣喜雀跃,谆谆教导家中子弟、妇女以勤于习作农事为乐,以热情款待同乡、佃户为幸。对一些读书人"一捧书本,便想中举、中进士、作官,如何攫取金钱、造大房屋、置多田产",累及"我辈"众多"束修自好者"的行为深恶痛绝,痛快淋漓地大加斥骂。

板桥不仅在思想上重农,在行动上也注意维护农民的利益。他除了以身作则地教育子弟"体貌""怜悯""周全""宽让"农民外,还反对剥削兼并,不齿于侵吞农民的土地。他告诫郑墨:如果农民赎回了他们原有的典产田,我们弟兄就买两百亩田,依古代"一夫受田百亩"之义,不可再多。一定要知足,拥有自己分内的田地就够了。对他人广占土地的行为,不能眼红,更不能仿效。需要说明的是,板桥在这里提出的拥有耕地的数量,是当时中小地主拥有耕地的数量标准。

写这封信的乾隆年间,封建地主阶级,包括皇帝、贵族、地主和大商人,在全国各地疯狂地掠夺土地,土地兼并在急剧地进行着。在他们的剥削下,大量农民失去了自己仅有的小块耕地,沦为贵族、地主的佃农。乾隆十三年（1748），官吏杨锡绂上书朝廷，揭露当时土地掠夺的情况："今日田之归富户者，大抵十之五六，旧日有田之人，今俱为佃耕之户。"（《清代名臣奏议》卷四十四）而成为佃户的农民，要将收获的四五成、六七成甚至八成以上的粮食，奉献给地主、贵族或皇室，其命运是很悲惨的。联系这样的时代背景，板桥这封家书所反映的认识是很可贵的。他还自立"世道盛则一德遵王，风俗偷则不同为恶"的家法，反映了其不同于一般读书人的"经济自期，抗怀千古"的情怀。

范县署中寄舍弟墨第五书

作诗非难,命题为难。题高则诗高,题矮则诗矮,不可不慎也。少陵诗高绝千古①,自不必言,即其命题,已早据百尺楼上矣。通体不能悉举,且就一二言之:《哀江头》《哀王孙》,伤亡国也;《新婚别》《无家别》《垂老别》《前后出塞》诸篇,悲戍役也;《兵车行》《丽人行》,乱之始也;《达行在所》三首,庆中兴也;《北征》《洗兵马》,喜复国望太平也。只一开卷,阅其题次,一种忧国忧民、忽悲忽喜之情,以及宗庙丘墟②,关山劳戍之苦,宛然在目。其题如此,其诗有不痛心入骨者乎!至于往来赠答,杯酒淋漓,皆一时豪杰,有本有用之人,故其诗信当时、传后世,而必不可废。

放翁诗则又不然③,诗最多,题最少,不过《山居》《村居》《春日》《秋日》《即事》《遣兴》而已。岂放翁为诗与少陵有二道哉?盖安史之变,天下土崩,郭子仪、李光弼、陈元礼、王思礼之流④,精忠勇略,冠绝一时，卒复唐之社稷。在《八哀》诗中，既略叙其人；而《洗兵马》一篇，又复总其全数而赞叹之，少陵非苟作也。南宋时，君父幽囚，栖身杭越，其辱与危亦至矣。讲理学者，推极于毫厘分寸，而卒无救时济变之才；在朝诸大臣，皆流连诗酒，沉溺湖山，不顾国之大计。是尚得为有人乎！是尚可辱吾诗歌而劳吾赠答乎！直以《山居》《村居》《夏日》《秋日》，了却诗债而已。且国将亡，必多忌，躬行桀、纣，必曰驾尧、舜而轶汤、武⑤。宋自绍兴以来，主和议、增岁币、送尊号、处卑朝、括民膏、戮大将，无恶不作，无陋不为。百姓莫敢言喘，放翁恶得形诸篇翰以自取戾乎⑥！故杜诗之有人，诚有人也；陆诗之无人，诚无人也。杜之历陈时事，寓谏诤也；陆之绝口不言，免罗织也。虽以放翁诗题与少陵并列，奚不可也！

近世诗家题目，非赏花即宴集，非喜晤即赠行，满纸人名，某轩某园，某亭某斋，某楼某岩，某村某墅，皆市井流俗不堪之子，今日才立别号，明日便上诗笺。其题如此，其诗可知，其诗如此，其人品又可知。吾弟欲从事于此，可以终岁不作，不可以一字苟吟。慎题目，所以端人品、厉风教也。若一时无好题目，则论往古、告来今，乐府旧题，尽有做不尽处，盍为之⑦。

哥哥字。

【注释】

①少陵：杜甫，自号少陵野老。唐代诗人。

②宗庙：皇室家庙，代指国家。

③放翁：陆游，号放翁。南宋诗人。

④陈元礼：即陈玄礼，唐龙武将军，玄宗时御林军统领。因避康熙玄烨名讳而改。

⑤驾：凌驾。轶：超越。

⑥恶（wū）：怎么，疑问副词。诸：相当于"之于"。

⑦盍（hé）：相当于"何不"。

【赏读】

此信写于板桥在范县做官的最后一年：乾隆十年（1745）。此后不久，板桥将饶氏和四岁的儿子郑麟送回兴化老家，交由郑墨和郭氏照看、抚养；自己也离开了范县，调任潍县。

板桥信中强调内容在诗歌创作中的主导作用，提倡一切文学作品都应反映民生疾苦，发挥拯救社稷、改造社会的功用。

板桥诗文首重社会功用。他早年所写《偶然作》云："英雄何必读书史，直摅血性为文章。不仙不佛不贤圣，笔墨之外有主张。纵横议论析时事,如医疗疾进药方。"在众多文学名家中,他对杜甫极为推崇。他曾在《板桥自序》中说:"少陵七律、五律、七古、五古、排律皆绝妙,一首可值千金。"认为杜诗既继承《诗经》的现实主义传统,又具有曹操的沉雄之气。在另一首《偶然作》中,他运用铺叙手法对杜诗的现实主义精神给予高度赞扬:"浪膺才子称,何与民瘼求!所以杜少陵,痛哭何时休!秋寒室无絮,春雨耕无牛。娇儿乐岁饥,病妇长夜愁。推心担贩腹,结想山海陬。衣冠兼盗贼,征戍杂累囚。史家欠实录,借本资校雠。持以奉吾君,藻鉴横千秋。"他寄语好友:"清词颇似王摩诘,复以精华学杜陵。"(《送都转运卢公》)希望好友像杜甫那样,用诗歌补察时政,泄导人情。板桥对杜甫的推崇可谓无以复加,以至"回首少年游冶习,采碧云红豆相思料,深愧杀,杜陵老"(《述诗二首》)。在清代诗坛,他的这种追求是难能可贵的。

板桥生活的康、雍、乾时期,王士禛(1634~1711)的"神韵说"和沈德潜(1673~1769)的"格调说"等形式主义、拟古主义诗风在诗坛上风行炽盛。"神韵说"回避和脱离现实生活,主张"含蓄""冲和""淡远"的艺术风格;"格调说"强调"温柔敦厚",重视模古拟古,轻视创造。面对王、沈二人的显赫身世和盖世文名,面对风靡一时的"神韵说""格调说",板桥保持了可贵的独立性。他继承明末顾炎武"经世致用"的文学观,倡导诗歌的社会作用,认为诗文应该"敷陈帝王之事业,歌咏百姓之勤苦,剖晰圣贤之精义,描摹英杰之风猷"(《潍县署中与舍弟第五书》)。他把文风问题与国运兴衰联系在一起,极力颂扬那些旨在改造社会弊病的"大乘法"诗文,认为只有为社会、国家和百姓而作的诗文,才能"理明词畅","恢恢游刃有余地矣"(《与江宾谷、江禹九书》)。对"拾古人之余唾",于众生漠不关心的"小乘法"诗文,给予愤激冷峭的嘲笑。在早年所写《偶然作》中,他即无情地痛斥了那些以脱离现实、玩弄文字而名盛文坛的人物:"名士之文深莽苍,胸罗万卷杂霸王。用之未必得实效,崇论闳议多慨慷。雕镂鱼鸟逐光景,风情亦足喜且狂。小儒之文何所长,抄经摘史饾饤强;玩其词华颇赫烁,寻其义味无毫芒。弟颂其师客谈说,居然拔帜登词场。初惊既鄙久萧索,身存气盛名先亡。華碑刻石临大道,过者不读倚坏墙。"在此信里,他也将批判的矛头指向"市井流俗不堪之子",并告诫堂弟:如果想学写诗,"可以终岁不作,不可以一字苟吟"。板桥的创作实践,非常有力地印证了他的文学追求。他以"自出己意,理必归于圣贤,文必切于日用"(《板桥自叙》)自许,有意识地继承现实主义的优良传统,写出了一系列反映民生疾苦的诗歌:《悍吏》尖锐地揭露了统治者贪婪、凶残的豺狼本性,《私刑恶》深刻地表现了恶吏肆无忌惮、滥施刑罚的罪恶,《逃荒行》真实地记录了民生凋敝、田园荒芜、饿殍遍野的悲惨现实,《还家行》细致地描写了妻离子散的生活场景和无可奈何的凄苦哀号……这些作品皆风骨峻清,继承了杜甫"三吏""三别"的遗绪。

从这封信里,我们可以清楚地看到,板桥已充分意识到诗文的社会作用取决于作品内容。题目由于能够反映出诗歌的题材和主题,所以选择诗题非常重要:"作诗非难,命题为难。题高则诗高,题矮则诗矮,不可不慎也。"他抨击当时低劣的诗风,指斥一味吟诵风月和泛泛应酬的作品。他力主学习杜甫,对杜甫和陆游的诗歌进行比较,谓"杜诗之有人,诚有人也;陆诗之无人,诚无人也……虽以放翁诗题与少陵并列,奚不可也!"这一分析是较为中肯、较为透彻的。他还认为人品和文品是和谐统一的,指出:"其题如此,其诗可知,其诗如此,其人品又可知。"文艺要干预社会,反映现实,作者就要"端人品、厉风教"。信中表达的这些观点,确实切中时弊,值得玩味。

潍县署中寄舍弟墨第一书

读书以过目成诵为能,最是不济事。眼中了了,心下匆匆,方寸无多,往来应接不暇,如看场中美色①,一眼即过,与我何与也。千古过目成诵,孰有如孔子者乎?读《易》至韦编三绝②,不知翻阅过几千百遍来。微言精义,愈探愈出,愈研愈入,愈往而不知其所穷。虽生知安行之圣,不废困勉下学之功也③。东坡读书不用两遍,然其在翰林院读《阿房宫赋》至四鼓,老吏苦之,坡洒然不倦④。岂以一过即记,遂了其事乎!惟虞世南、张睢阳、张方平⑤,平生书不再读,迄无佳文。且过辄成诵,又有无所不诵之陋。即如《史记》百三十篇中,以《项羽本纪》为最,而《项羽本纪》中,又以钜鹿之战、鸿门之宴、垓下之会为最。反覆诵观,可欣可泣,在此数段耳。若一部《史记》,篇篇都读,字字都记,岂非没分晓的钝汉!更有小说家言、各种传奇恶曲⑥,及打油诗词⑦,亦复寓目不忘,如破烂厨柜,臭油坏酱悉贮其中,其龌龊亦耐不得。

【注释】

①场中美色：戏台上的美女。

②韦编：用牛皮制成的绳子。韦，熟牛皮。编，古代用来穿竹简、木简的绳子，多用牛皮制成。三绝，多次断绝。《史记·孔子世家》载，"（孔子）读《易》，至韦编三绝"。

③下学：向不如自己的人学习。

④洒然：怡然。

⑤虞世南：《新唐书·虞世南传》载，唐太宗要虞世南将《列女传》写到屏风上，虞世南默写而一字不差。张睢阳：张巡，唐代名将。《新唐书·张巡传》载，张巡"读书不过三复，终身不忘"。张方平：字安道，北宋人。此人博闻强记，《宋史·张方平传》有记载。

⑥小说家言：这里指胡编乱造的野史、笔记之类的记事性文章。传奇：指明代戏曲。

⑦打油诗词：指顺口、粗俗的诗作。

【赏读】

乾隆十一年（1746），五十四岁的板桥在范县连署五年之后，调任潍县县令。

潍县（今潍坊）属山东莱州府，地处齐鲁腹地，北滨渤海，南临沂蒙山脉，白浪河穿城而过。这里物产丰富，商业发达，读书风气浓郁，有"小苏州"之称。

板桥此次调任这一富庶大县，应该是令人艳羡的"荣调"。但潍县在板桥莅位的前后几年却多灾多难。《潍县志稿》载："乾隆十年乙丑，疫。秋七月十九日，海水溢。""十二年丁卯春，大饥。自十一年八月不雨，至是年夏五月十八日始雨，连阴两月，无禾。""十三年戊辰春，大蝗疫水饥。"板桥调职潍县的前一年，灾荒便揭开了序幕，潍县饥民纷纷逃荒要饭，富豪大户们却把粮食囤积起来，哄抬粮价，以饱私囊。老百姓雪上加霜，社会危机十分严重。板桥的前任知县秦甸上任不到一年就调走了。板桥继任后，目睹哀鸿遍野，忧心如焚。他忙于寻求良策，拯救挣扎在死亡线上的灾民，好长时间才给家里去信。

此信与下封信未题年月，大约是在来潍县后的第二、第三年写的。信中没有谈及当时的灾情和政务，而是针对历代评价很高的"读书以过目成诵为能"的观点，陈述其弊病，教育子弟勿受此说蒙蔽，仿而效之，贻误终身。

板桥在信的开头即对人们推崇的"过目成诵"表示异议，用"最是不济事"表明自己对这一见解的否定，然后从正反两方面加以分析。

首先，好作品要精读，一般作品则只需泛读。《板桥自序》云："板桥居士读书求精不求多，非不多也，唯精乃能运多，徒多徒烂耳。"他反对浅尝辄止，不求甚解，读书骛博的方法，批评所谓"过目成诵"。认为只有读得精、学得深，才能得到真谛。他以孔子、苏东坡为例加以论证。孔子读《易经》，把穿简册的牛皮绳都磨断了几次，真不知翻读了几百几千遍，探求其中深奥的内容和精深的道理；苏东坡在翰林院读杜牧的《阿房宫赋》，直到深夜四更，仍精力充沛，不知疲倦，深入领会作者旨意和文章内涵。这两位世人难以企及的"过目成诵"者，并不以"过目成诵"为能，最终成为"大方之家"。板桥亦得孔、苏读书之法："每读一书，必千遍。舟中、马上、被底，或当食忘匕箸，或对客人不听其语，并自忘其所语，皆记书默诵也。"（《板桥自叙》）他以为，像《史记》中的《项羽本纪》，《项羽本纪》中的"钜鹿之战、鸿门之宴、垓下之会"，这些作品和文字是精品，值得反复诵观，而那些"小说家言""传奇恶曲""打油诗词"之类的低劣之作，则要弃之不读。板桥的观点，涉及了精读和泛读的关系，有着朴素的辩证法思想因素。

其次，"过目成诵"的弊病显而易见。一是"眼中了了，心下匆匆"，它必然导致看得马虎，不能深入，难得真意；一是良莠不分，盲目滥读，它会产生"无所不诵之陋"，使人变成龌龊充塞其间的"破烂厨柜"，让人耗费了精力却得不到作文进益之道。

　　板桥是颇具眼力的,他所说的有选择地熟读精思,总结了其大半生读书经验,至今仍具有指导意义。

潍县署中与舍弟墨第二书

余五十二岁始得一子，岂有不爱之理！然爱之必以其道，虽嬉戏顽耍，务令忠厚悱恻，毋为刻急也①。平生最不喜笼中养鸟，我图娱悦，彼在囚牢，何情何理，而必屈物之性以适吾性乎！至于发系蜻蜓，线缚螃蟹，为小儿顽具，不过一时片刻便折拉而死。夫天地生物，化育劬劳②，一蚁一虫，皆本阴阳五行之气絪缊而出③，上帝亦心心爱念。而万物之性，人为贵，吾辈竟不能体天之心以为心，万物将何所托命乎？蛇蚖蜈蚣、豺狼虎豹④，虫之最毒者也，然天既生之，我何得而杀之？若必欲尽杀，天地又何必生？亦惟驱之使远，避之使不相害而已。蜘蛛结网，于人何罪？或谓其夜间咒月，令人墙倾壁倒，遂击杀无遗。此等说话，出于何经何典？而遂以此残物之命，可乎哉？可乎哉？

我不在家，儿子便是你管束。要须长其忠厚之情，驱其残忍之性，不得以为犹子而姑纵惜也。家人儿女，总是天地间一般人，当一般爱惜，不可使吾儿凌虐他。

凡鱼飧果饼⑤，宜均分散给，大家欢嬉跳跃。若吾儿坐食好物，令家人子远立而望，不得一沾唇齿；其父母见而怜之，无可如何，呼之使去，岂非割心剜肉乎！夫读书中举、中进士、作官，此是小事，第一要明理作个好人。

可将此书读与郭嫂、饶嫂听⑥，使二妇人知爱子之道，在此不在彼也。

书后又一纸

所云不得笼中养鸟，而予又未尝不爱鸟，但养之有道耳。欲养鸟莫如多种树，使绕屋数百株，扶疏茂密，为鸟国鸟家。将旦时，睡梦初醒，尚展转在被，听一片啁啾⑦，如《云门》《咸池》之奏⑧；及披衣而起，颒面漱口啜茗⑨，见其扬翚振彩⑩，倏往倏来，目不暇给，固非一笼一羽之乐而已。大率平生乐处⑪，欲以天地为囿，江汉为池，各适其天，斯为大快。比之盆鱼笼鸟，其巨细仁忍何如也！

书后又一纸

尝论尧、舜不是一样，尧为最，舜次之，人咸惊讶。其实有至理焉。

孔子曰："大哉尧之为君，惟天为大，惟尧则之⑫。"孔子从未尝以天许人，亦未尝以大许人，惟称尧不遗余力，意中口中，却是有一无二之象。夫雨旸寒燠时若者⑬，天也。亦有时狂风淫雨，兼旬累月，伤禾败稼而不可救；或赤旱数千里，蝗螟螣特肆生，致草黄而木死，而亦不害其为天之大。天既生有麒麟、凤凰、灵芝、仙草、五谷、花实矣，而蛇、虎、蜂虿、蒺藜、稂莠、萧艾之属，即与之俱生而并茂，而亦不害其为天之仁。尧为天子，既已钦明文思，光四表而格上下矣⑭，而共工、驩兜尚列于朝⑮，又有九载绩用弗成之鲧，而亦不害其为尧之大。浑浑乎一天也⑯。

若舜则不然，流共工，放驩兜，杀三苗，殛鲧，罪人斯当矣。命伯禹做司空，契为司徒，稷教稼，皋陶掌刑，伯益掌火，伯夷典礼，后夔典乐，倕工鸠工，以及殳戕、朱虎、熊罴之属⑰，无不各得其职，用人又得矣。为君之道，至毫发无遗憾。故曰："君哉舜也！"又曰："舜其大知也！"夫彰善瘅恶者⑱，人道也；善恶无所不容纳者，天道也。尧乎，尧乎，此其所以为天也乎！

厥后舜之子孙，宾诸陈⑲，无一达人。后代有齐国，亦无一达人。惟田横之卒⑳，五百人从之，斯不愧祖宗风烈。非天之薄于大舜而不予以后也。其道已尽，其数已穷，更无从蕴而再发耳。若尧之后，至迂且远也。豢龙御龙㉑，而有中山刘累，至汉高而光有天下。既二百年矣，而又光武中兴。又二百年矣，而又先帝入蜀，以诸葛为之相，以关、张为之将；忠义满千古，道德继贤圣。岂非尧之留余不尽，而后有此发泄也哉！

　　夫舜与尧同心同德同圣，而吾为是言者，以为作圣且有太尽之累，则何事而可尽也？留得一分做不到处，便是一分蓄积，天道其信然矣。且天亦有过尽之弊。天生圣人亦屡矣，未尝生孔子也。及生孔子，天地亦气为之竭而力为之衰，更不复能生圣人。天受其弊，而况人乎！昨在范县与进士田种玉、孝廉宋纬言之，及来潍县，与诸生郭伟勋谈论，咸鼓舞震动，以为得未曾有。并书以寄老弟，且藏之匣中，待吾儿少长，然后讲与他听，与书中之意互相发明也。

【注释】

　　①刻急：刻薄、急躁。

　　②劬（qú）劳：劳苦。

　　③五行：即水、火、木、金、土。古人认为它们是构成世界的最基本元素。氤氲（yīn yūn）：万物相互作用而变化生长。

④虺（wán）：毒蛇。

⑤鱼飧：鱼汤，也代指简单饭食。

⑥郭嫂：郑板桥续弦夫人。饶嫂：郑板桥妾。

⑦啁啾（zhōu jiū）：鸟鸣声。

⑧《云门》《咸池》：周代用于祭祀的两种乐舞。

⑨颒（huì）面：洗脸。

⑩翚（huī）：一种有五彩羽毛的野鸡。

⑪大率：大致。

⑫则：效法。

⑬旸（yáng）：日出。燠（yù）：暖，热。时若：与时推移。

⑭光四表而格上下：光照四表而垂范上下。《尚书·尧典》："光被四表，格于上下。"四表，指四方极远之处。

⑮共（gōng）工、驩兜：传说中尧时的坏人。除他们两人外，还有下文提到的鲧（gǔn）和三苗。

⑯浑浑：浑厚质朴的情状。

⑰殳（shū）戕：倕工的助手。朱虎、熊罴（pí）：伯益的助手。

⑱瘴：憎恨。

⑲宾诸陈：被封在陈国。《史记·周本纪》："帝舜之后于陈。"

⑳田横：战国时齐国田氏的后代，楚汉战争中自立为齐王。刘邦建汉后破齐，田横率徒众五百多人逃匿海岛。刘邦

派人招降，田横随使者行至半路自刎。岛上徒众闻知，皆自刎。

㉑豢龙御龙：传说舜时有豢龙氏善驯龙，尧的后代刘累随豢龙氏学得养龙之术，时夏禹第十三代孙孔甲为君，得二龙，交刘累豢养，并赐姓"御龙氏"，以豕韦氏封国与之。

【赏读】

板桥长期无子，常为此哀叹。结发夫人徐氏在板桥三十岁时已生了两个女儿和一个儿子，他是年所作的《七歌》中有"我生二女复一儿"之语，这个儿子就是"犉儿"。不料"犉儿"约在雍正二年（1724）夭折，板桥悲痛不已。后来续弦夫人郭氏不曾得子，直到乾隆九年（1744），其妾饶氏生下郑麟。板桥年逾知命之年，居然得偿夙愿，其舐犊之情，可以想见。他在《潍县署中寄四弟墨》中曾剖心坦言："父母皆有爱子之心，而余之爱子，更胜于寻常百倍。何则？盖因余晚年得子，不得不郑重视之。"但板桥爱子非常理智，绝不因得之不易而娇惯溺爱。他自言："爱之必以其道。"这个"道"，就是他一生为之求索不已的完美理性人生的真诚修炼，是儒家道德品质代代传承的至高境界。

板桥重视品德教育，他希望儿子首先学会做人。身为封建官吏，板桥将"读书中举、中进士、作官"视为小事，把做个明理之人当作大事。这在科举制度盛行、读书做官已成为个人追求和社会时尚的时代，是难能可贵的。体察板桥的爱子之心，我们可以感受到一种真正意义上的亲子之情的激荡，一种沉静平宁的儒家道德哲学的震颤。在中国文化传统的理性精神中，"修身、齐家、治国、平天下"这一封建理念被历史推崇到极致，成为最高境界的儒学概括。其中，"修身"是列于前位的。板桥以此作为教育儿子的首要原则，这也是中国传统儒家道德范式的典型阐发。同时，板桥沉浮宦海，对当时读书做官的风气造成人心险恶和社会堕落的现象，有着较为清醒的认识，这是他鄙视升官发财、关注子女思想品德、重视进行做人教育的又一动因。

板桥教育儿子做人要做个"好人"。"好人"的内涵十分丰富，富于同情心，以仁爱为本是带有核心意义的内容。他把家中奴仆的子弟视为"天地间一般人"，要求儿子礼敬他们，与他们友爱相处。这既可以避免儿子沾染官宦人家习气，又可以培养儿子平等互爱、竭诚相助的美德，使他成为一个心地善良、富有同情心的"好人"。板桥以仁爱的情怀和敬恕的胸襟，对平民百姓承载的道德精神进行深刻思考。在他看来，平民百姓这一阶层的人最勤苦，最淳朴，也最高尚。关于对儿女做人的道德规范，他都是要求他们学习庶民的传统美德，追求庶民的淳朴气质，这是板桥民本思想的绝好演绎。

板桥还对"仁"做出了与孔孟不尽相同的解释。孟子认为："殃民者不容于尧舜之世。"（《孟子·告子》）板桥却指出："彰善瘅恶者，人道也；善恶无所不容纳者，天道也。"能美恶兼容的尧比扬善惩恶的舜要伟大。他认为凡事一旦做绝，不留一分，则必生弊病。在他看来，"天道"是客观事物的自然状态，仁爱之心对自然状态下一切存在的事物，包括毒蛇猛兽、罪孽深重之人都不可竭尽。这一善恶观显然源自佛教学说的影响，联系到板桥好交方外朋友，说明其人生观和历史观中并非儒学一家，还兼有佛学的影响。

潍县寄舍弟墨第三书

富贵人家延师傅教子弟,至勤至切,而立学有成者,多出于附从贫贱之家①,而己之子弟不与焉。不数年间,变富贵为贫贱,有寄人门下者,有饿殍乞丐者。或仅守厥家,不失温饱,而目不识丁。或百中之一亦有发达者,其为文章,必不能沉着痛快,刻骨镂心,为世所传诵。岂非富贵足以愚人,而贫贱足以立志而浚慧乎!我虽微官,吾儿便是富贵子弟,其成其败,吾已置之不论;但得附从佳子弟有成,亦吾所大愿也。

至于延师傅,待同学,不可不慎。吾儿六岁,年最小,其同学长者当称为某先生,次亦称为某兄,不得直呼其名。纸笔墨砚,吾家所有,宜不时散给诸众同学。每见贫家之子,寡妇之儿,求十数钱,买川连纸钉仿字簿②,而十日不得者,当察其故而无意中与之。至阴雨不能即归,辄留饭;薄暮,以旧鞋与穿而去。彼父母之爱子,虽无佳好衣服,必制新鞋袜来上学堂,一遭泥泞,复制为难矣。

夫择师为难，敬师为要。择师不得不审，既择定矣，便当尊之敬之，何得复寻其短？吾人一涉宦途，即不能自课其子弟。其所延师，不过一方之秀，未必海内名流。或暗笑其非，或明指其误，为师者既不自安，而教法不能尽心；子弟复持藐忽心而不力于学，此最是受病处。不如就师之所长，且训吾子弟之不逮③。如必不可从，少待来年，更请他师；而年内之礼节尊崇，必不可废。

又有五言绝句四首，小儿顺口好读，令吾儿且读且唱，月下坐门槛上，唱与二太太、两母亲、叔叔、婶娘听④，便好骗果子吃也。

二月卖新丝，五月粜新谷。
医得眼前疮，剜却心头肉。⑤

耘苗日正午，汗滴禾下土。
谁知盘中飧，粒粒皆辛苦。⑥

昨日入城市，归来泪满巾。
遍身罗绮者，不是养蚕人。⑦

九九八十一，穷汉受罪毕。
才得放脚眠，蚊虫獭蚤出。⑧

【注释】

①附从:依附随从。古时富贵人家聘请塾师教子弟,有的允许邻近贫家子弟随读。

②川连纸:产于四川,习毛笔字的纸。

③不逮:不及。

④二太太:指郑墨的母亲。两母亲:即郑板桥续弦夫人郭氏、妾饶氏。

⑤"二月"四句:为唐代诗人聂夷中《咏田家》前四句。

⑥"耘苗"四句:为唐代诗人李绅《悯农》二首之二。

⑦"昨日"四句:为宋代诗人张俞《蚕妇》。

⑧"九九"四句:为明清时北京地区谚语。

【赏读】

板桥于乾隆十四年(1749)秋写此家书。他嘱咐郑墨为其子求师,教育儿子尊敬师长,友爱同学。不料其子刚入学,即病夭于兴化老家,是年板桥已五十七岁。

板桥注重家教,亦重视师教。在《潍县署中寄内子》中说:"儿辈读书督促之责,教师负十分之六,父母负十分之四。散学后管教之责,全在尔身。"虽然这里把家教和师教之责"四六开"未必科学,但强调家教与师教的良好配合,共同承担教育子女责任的认识,无疑是正确的。同时，板桥认为尊师敬师比择师更重要："夫择师为难，敬师为要。择师不得不审，既择定矣，便当尊之敬之，何得复寻其短？"他对师之短长有清醒的认识和中肯的评价，希望家长能扬师之所长，引导子弟敬重老师，并把这作为家教的内容之一。

板桥唯恐儿子滋生富贵子弟的不良习气。在封建社会，富家子弟不求上进而家道败落，贫家子弟立志发愤而卓有成就的现象屡见不鲜。板桥有感于"富贵足以愚人，而贫贱足以立志而浚慧"，在此信里重申平等待人的家训，希望儿子拥有仁善的美德。他极其细腻地关照儿子如何称呼学友、馈赠文具和日常生活用品，尤其强调态度要谦逊，行事不倨傲，其用心可谓良苦。

信末，板桥抄录四首五言绝句，令儿子"且读且唱"，目的当然不是"好骗果子吃也"，而是要儿子从小体恤务农的艰辛，同情农民的疾苦，把农本思想世世代代传下去。

板桥教子并非空洞的说教，而是身心均能到位的操行自律。他不仅严格而具体地规范子弟的行为，而且以历练人生的形式达到灌输道德守则的目的，从而成为后辈师法的典范。他在潍县的所作所为即是明证。板桥到任之日，潍县民生涂炭，哀鸿遍野。为救济灾民，板桥顶风犯上，连连上本请求救济。在最危难之时，毅然自作主张开仓放粮。他甚至大胆用诗歌讽喻劝谏顶头上司——山东巡抚包括,诗云:"衙斋卧听萧萧竹,疑是民间疾苦声。些小吾曹州县吏,一枝一叶总关情。"(《潍县署中画竹呈年伯包大中丞括》)板桥还不惜得罪当地很有权势的富商巨贾,责令他们将积粟按通常市价卖给饥民。又以修城为名,动员他们捐资捐粮。他自己也节衣缩食,捐出官俸,并刻印章"恨不得填漫了普天饥债"以志。眼见大灾之年的秋后又是歉收,板桥把春天放赈时灾民的借条统统付之一炬,使饥民"活者无算"。板桥终因为民求赈开罪豪绅,惹怒上司,被罗织罪名,褫职罢官。启程前,他画竹赠别潍县士民,并题诗道:"乌纱掷去不为官,囊橐萧萧两袖寒。写取一枝清瘦竹,秋风江上作鱼竿。"(《予告归里,画竹别潍县绅士民》)去官之日,板桥仅雇用三头毛驴,带着他的全部家私:简单的行李、两夹板书和一把叫阮咸的乐器上路了。县民夹道送行,牵衣号哭,送出百里。所有这一切,都是板桥体恤百姓,推崇农本思想,并为之奋斗不已的真实写照。为此,他成为潍县人民崇拜的"三贤祠"里的首贤,至今仍为广大人民所怀念和歌颂。

潍县寄舍弟墨第四书

凡人读书，原拿不定发达。然即不发达，要不可以不读书，主意便拿定也。科名不来，学问在我，原不是折本的买卖。愚兄而今已发达矣，人亦共称愚兄为善读书矣。究竟自问胸中担得出几卷书来？不过挪移借贷，改窜添补，便尔钓名欺世①。人有负于书耳，书亦何负于人哉！昔有人问沈近思侍郎②，如何是救贫的良法？沈曰：读书。其人以为迂阔，其实不迂阔也。东投西窜，费时失业，徒丧其品，而卒归于无济，何如优游书史中，不求获而得力在眉睫间乎！信此言，则富贵；不信，则贫贱，亦在人之有识与有决并有忍耳③。

【注释】

①尔：如此，这样。

②沈近思：字位山，浙江钱塘人，康熙年间进士，雍正二年任吏部侍郎。年幼时家贫，于杭州灵隐寺为僧，主张以

读书疗贫。

③忍：忍性，耐性。

【赏读】

潍县百姓自板桥到任前一年，遭受饥馑和苦旱，至乾隆十三年（1748），灾情才渐渐缓解，饥民也由关外络绎返乡。板桥曾撰《还家行》纪其事，生动再现由于饥荒造成的家庭悲剧。板桥一到潍县任职，即全力投入拯救灾民的工作。他为此奋斗了好几年，在潍县灾情缓解后，他开始有了闲情来思考文艺创作的有关问题和整理他的生平作品。其于乾隆十三年（1748）写的《与江宾谷、江禹九书》，提出了一个重要的文学创作原则——"学者当自树其帜"，同当时风靡文坛的形式主义、拟古主义文风分庭抗礼。乾隆十四年（1749），他重订了给郑墨的十六通家书和《诗钞》《词钞》，并手书付梓，由门人司徒文膏刻板。板桥此次筛选作品极其认真，我们现在所能看到的他给堂弟、妻子、儿子、表弟的家书，至少有五六十通，已失传的当更不计其数。而他只收了十六通，可见取舍认真程度。对诗词选得更精。《后刻诗序》说："姑更定前稿，复刻数十首于后，此后不作矣。""死后如有托名翻板，将平日无聊应酬之作，改窜烂入，吾必为厉鬼以击其脑。"

据此，板桥这段时间的家信，也以谈论读书、作文之道为主。在这封信里，他着重强调读书的重要性。

读书在人生中至重至要，板桥以为它胜过一切，是摆脱贫困、求取富贵的捷径。从信中所言"愚兄而今已发达矣，人亦共称愚兄为善读书矣""信此言，则富贵；不信，则贫贱"等，可见他是"学而优则仕"的既得利益者，他的强调读书，有着告诫子弟通过读书改变命运的意思。

但封建时代的读书人，在获取功名之前，读的几乎都是八股试帖之类的闱墨文字，与真正的学问无甚关联。板桥似乎也意识到自己身上存在的读书人固有的这种毛病，从而更强调"优游书史中，不求获而得力在眉睫间"。显然，他不仅把读书看作做官的敲门砖，也把好好读书视为至为紧要和快乐的事情。真可谓"万般皆下品，唯有读书高"，表现了一种典型的儒风。其中的"人有负于书耳，书亦何负于人哉"，超凡脱俗，颇具警句的意味。

潍县署中与舍弟墨第五书

无论时文、古文、诗词、歌赋①，皆谓之文章。今人鄙薄时文，几欲摒诸笔墨之外，何太甚也？将毋丑其貌而不鉴其深乎！愚谓本朝文章，当以方百川制艺为第一，侯朝宗古文次之②，其他歌诗辞赋，扯东补西，拖张拽李，皆拾古人之唾余，不能贯串，以无真气故也③。百川时文精粹湛深，抽心苗，发奥旨，绘物态，状人情，千回百折而卒造乎浅近。朝宗古文标新领异，指画目前，绝不受古人羁绁④。然语不遒⑤，气不深，终让百川一席。忆予幼时，行匣中惟徐天池《四声猿》、方百川制艺二种⑥，读之数十年，未能得力，亦不撒手，相与终焉而已。世人读《牡丹亭》而不读《四声猿》⑦，何故？

文章以沉着痛快为最⑧，《左》、《史》、《庄》、《骚》、杜诗、韩文是也。间有一二不尽之言，言外之意，以少少许胜多多许者，是他一枝一节好处，非六君子本色。而世间娓娓纤小之夫⑨，专以此为能，谓文章不可说破，不宜道尽，遂訾人为刺刺不休[10]。夫所谓刺刺不休者，无益之言，道三不着两耳。至若敷陈帝王之事业[11]，歌咏百姓之勤苦，剖晰圣贤之精义，描摹英杰之风猷，岂一言两语所能了事？岂言外有言、味外取味者，所能秉笔而快书乎？吾知其必目昏心乱，颠倒拖沓，无所措其手足也。王、孟诗原有实落不可磨灭处[12]，只因务为修洁，到不得李、杜沉雄。司空表圣自以为得味外味[13]，又下于王、孟一二等。至今之小夫[14]，不及王、孟、司空万万，专以意外言外，自文其陋，可笑也。若绝句诗、小令词，则必以意外言外取胜矣。

"宵寐匪祯，札闼洪庥。"[15]以此訾人，是欧公正当处，然亦有浅易之病。"逸马杀犬于道"[16]，是欧公简炼处，然《五代史》亦有太简之病。高密单进士烺曰[17]："不是好议古人，无非求是至是。"

写字作画是雅事，亦是俗事。大丈夫不能立功天地，字养生民[18]，而以区区笔墨供人玩好，非俗事而何？东坡居士刻刻以天地万物为心，以其余闲作为枯木竹石，不害也。若王摩诘、赵子昂辈[19]，不过唐、宋间两画师耳！试看其平生诗文，可曾一句道着民间痛痒？设以房、杜、姚、宋在前[20]，韩、范、富、欧阳在后[21]，而以二子厕乎其间，吾不知其居何等而立何地矣！门馆才情㉒，游客伎俩㉓，只合剪树枝、造亭榭、辨古玩、斗茗茶，为扫除小吏作头目而已，何足数哉！何足数哉！愚兄少而无业，长而无成，老而穷窘，不得已亦借此笔墨为糊口觅食之资，其实可羞可贱。愿吾弟发愤自雄，勿蹈乃兄故辙也。古人云："诸葛君真名士。"㉔名士二字，是诸葛才当受得起。近日写字作画，满街都是名士，岂不令诸葛怀羞，高人齿冷？

【注释】

①时文：指八股文。

②侯朝宗：侯方域，字朝宗，明末"复社"首领，文学家。清初参加科举考试，其古文为当时所推崇。

③气：指文章的内在气势。

④羁绁（xiè）：束缚、牵制。羁，马笼头，引申为拘束、束缚。绁，牵牲口的绳子。

⑤遒：刚劲，有力。

⑥徐天池：徐渭，字文长，号天池山人，明代文学家。《四声猿》：徐渭四部杂剧的合集，包括《狂鼓史渔阳三弄》《玉禅师翠乡一梦》《雌木兰替父从军》《女状元辞凰得凤》。

⑦《牡丹亭》：明代汤显祖所作传奇剧，写杜丽娘和柳梦梅的爱情故事。

⑧沉着痛快：深沉切实、淋漓酣畅。语出宋严羽对杜甫诗风格的评价。

⑨婗(chuò)婗:谨慎小心的样子。

⑩訾(zǐ):毁谤,诋毁,非议。刺刺不休:说话没完没了。

⑪敷陈:详细叙述。

⑫王、孟:王维、孟浩然,均为唐代诗人。

⑬司空表圣:司空图,字表圣。唐代诗评家。

⑭小夫:无名之辈。

⑮"宵寐匪祯,札闼洪庥":用冷僻隐晦的字眼表达浅易平常内容的文字游戏,意为夜梦不祥,题门大吉。据说欧阳修戏题此八个字,讽刺宋祁在撰《新唐书》时爱用艰涩字眼。

⑯"逸马杀犬于道":《古今谭概·苦海部·书马犬事》载:"欧阳公在翰林时,常与同院出游,有奔马毙犬。公曰:'试书其一事。'一曰:'有犬卧通衢,逸马蹄而杀之。'一曰:'有马逸于街衢,卧犬遭之而毙。'公曰:'使子修史,万卷未已也。'曰:'内翰云何?'公曰:'逸马杀犬于道。'相与一笑。"

⑰单进士烺:单烺,山东莱州高密人。与郑板桥同年中进士。

⑱字:哺育。

⑲王摩诘:王维,字摩诘,唐代诗人。赵子昂:赵孟頫,字子昂,元代书画家。

⑳房、杜:房玄龄和杜如晦,唐太宗时的两位名相。

姚、宋:姚崇和宋璟,唐玄宗时的两位名相。

㉑韩、范、富、欧阳:韩琦、范仲淹、富弼和欧阳修,四人均为宋仁宗时的贤臣。

㉒门馆:此指塾师。

㉓游客:此指在显贵人家为清客之士。

㉔"诸葛君真名士":三国时司马懿对诸葛亮的评语。

【赏读】

作八股文是明清科考的必修课。何谓八股文?就是每篇文章由破题、承题、起讲、入手、起股、中股、后股、束股八部分组成。

八股文的题目主要摘自"四书",甚至把"四书"中本来有固定内容的句子割裂成全无道理的题目,所论内容也要根据朱熹的《四书集注》等书来发挥,不可自抒己见。八股文如此严谨拘板的格式、狭窄受限的内容,对个性的伸展、情感的抒发以及形象思维,都是很大的束缚。因此,它往往为一些古文学家所不齿。如明末清初思想家、学者顾炎武谓八股文之害甚于焚书。他与黄宗羲等人痛矫时文之陋,主张治学"经世致用",弃虚崇实,力挽颓风。

板桥生性豪放狂宕,对《左传》《史记》之类的古文又极热爱,且钻研极深。按理,他应该赞同顾炎武和黄宗羲的主张,但他对八股文却有着特殊的爱好。《板桥自叙》云："明清两朝，以制艺取士，虽有奇才异能，必从此出，乃为正途。其理愈求而愈精，其法愈求而愈密。鞭心入微，才力与学力俱无可恃，庶几弹丸脱手时乎？"他在此信中亦将八股文与古文、诗歌、辞赋并称，谓"本朝文章，当以方百川制艺为第一"。其行囊中时刻不离的两本书，一本是徐渭的《四声猿》，一本就是方百川的制艺文。板桥一方面积极主张文章应"道民间之痛痒"，力主现实主义的创作方法，一方面又极力为八股文辩护，推崇这种形式古板、内容空洞的文体，这常常使人费解。板桥幼随父学，又师从陆震，养成了积极进取的用世思想。但慈父早逝、发妻病亡、娇儿夭折、屡试不第、穷困潦倒等一系列人生打击，又使他强烈不满世俗，产生逆反心理，形成狂怪性格。这些都有可能导致其理性的裂变、自我的丧失和怪异的心态。

板桥此信还着重论述了文学艺术的审美风格。在他看来，"沉着痛快"是文章的最高境界，任何虚饰和隐讳都是不可取的。因为"敷陈帝王之事业，歌咏百姓之勤苦，剖晰圣贤之精义，描摹英杰之风猷"，不是一两句话就能交代得清楚明白的，必须实实在在地叙写，痛痛快快地议论。他对那些不关心国事民情，光耍弄笔墨的文人嗤之以鼻，批评王维、赵孟頫平生诗文不曾有一句"道着民间痛痒"，"不过唐、宋间两画师耳！"虽嫌偏激,对王、赵的评价也失公允,但其观点是鲜明的。他的《偶然作》中亦有"歌中连戚里,诗句钦王侯。浪膺才子称,何与民瘼求?"与这里的观点是一致的。

信中还讨论了文章的风格问题。一方面,板桥奉《左》、《史》、《庄》、《骚》、杜诗、韩文为圭臬,认为"文章以沉着痛快为最";另一方面,他并没有简单地全盘否定"意外之意""言外之言",而是采取具体分析的态度,指出"若绝句诗、小令词,则必以意外言外取胜矣"。应该说,板桥在强调"沉着痛快"这一审美风格的同时,还认识到了不同体裁的文艺作品有着不同的美学特征,因而也应有不同的审美要求,这是很有见地的。

焦山别峰庵与徐宗于

山居安适,读书有进,日月疾徐,都非所问。此间岚影水光,松风竹雨,泉流鸟声,在在饱含诗情画意①,怡悦心目。当旭日初吐,野露尚滋,暑气未浓之际,科头跣足②,起自竹榻,轻披敞衣,独凭山窗,展卷读杜少陵《秋兴》诗③,字字寻味,句句咀嚼,如啖冰瓜雪藕,心肺生凉,一日之中,暑氛任何毒烈,不能侵我半点也。前人屡言夏日山居,如何至乐,今身尝之,可喜无量!

山中和尚,泰半是钱奴化身④,市侩转世,口念阿弥陀,心贪阿堵物⑤,俗不可耐,触人欲呕。入山游客,不问雅俗,但视衣衫;入寺烧香,只计贫富。有钱布施,声声居士、檀越⑥,合十念佛,状似弥勒;无钱施舍,则白眼相加,冷语对答,阴森之气,逼人发抖。知客堂中⑦,最为可恨,请客一坐,有请坐、请上坐之等次;待客一茶,有泡茶、泡好茶之分别。内外各有廋词隐语⑧,彼此相通,亮中说话,暗中关切,冷眼傍观，气破肚皮。悲哉！悲哉！庄严佛地，清净梵宫，变作论斤较两之市井。我佛有灵，定当低眉合眼，效夫子之喟然而叹也。山中如许和尚，止一起林上人可与相近；法海寺之仁公亦尚有根基，不是庸俗。

仁公湛深经典，谈吐隽妙，悲天悯人，德行均好。起林则诗僧也，词章高古，诗格超群，每来长谈，尽日不倦。山居幸此二位师父，得心神旷逸，胸腹舒泰，读书作画，一无变故。不则，我虽不中热惹暑，亦必深中众光头之尘毒无疑也。山窗弄墨，肌肤凉爽，乘便书告一二，清快！清快！

【注释】

①在在：犹处处。

②科头：不戴帽子。王维《与卢员外象过崔处士兴宗林亭》诗："科头箕踞长松下，白眼看他世上人。"跣（xiǎn）足：光着脚。

③杜少陵：杜甫。

④泰半：大半。

⑤阿堵物：指钱。

⑥檀越：施主。梵语为陀那钵底，亦作"檀那"。

⑦知客：佛寺中主管接待宾客的僧人。

⑧廋（sōu）词：隐语。

【赏读】

　　雍正十三年（1735），四十三岁的板桥读书于镇江焦山别峰庵，准备迎接丙辰的朝廷会试，其间给小时候的同学徐宗于写了这封信。

　　信的开头写了"夏日山居"之乐。乐感主要在清凉。他说早上读杜诗时，"如啖冰瓜雪藕，心肺生凉"。用假想的味觉形容触觉，笔墨很传神。

　　小时候，板桥曾与徐宗于寄宿在兴化天宁寺读书，因此此信着重介绍了寺庙情况。写和尚的俗态，惟妙惟肖，令人喷饭，成了现今仍活跃在人们笑谈中的典故。

　　写了庸俗的和尚，板桥笔头一转，又介绍了两位风雅的和尚起林上人和仁公。板桥在信的结尾风趣地说，幸亏有这两位师父，"不则，我虽不中热惹暑，亦必深中众光头之尘毒无疑也"。又归结到"山窗弄墨，肌肤凉爽"，与信的开头呼应。

寄潘桐冈

　　板桥平生好谩骂人，尤好骂秀才，以此招人怨毒，此自惹也，与天何尤①？与人何尤？板桥近来颇自悔，欲思不骂，留积些阴德起来；然我已积有一肚皮宿气，无处发泄，必成臌病②。试看秀才们，一篇腐烂文章，侥幸中式③，即如小儿得饼，穷汉拾金，处处示人阔大，却处处露其狭窄，处处自暴丑陋。诗云子曰，动辄以诗书吓人，酸腐之气，尤属可憎。若问胸中经济④，只一团茅草乱蓬蓬耳。板桥尝见一秀才手札，四引孔子，五引孟子，经训满纸，宛如一篇阴骘文⑤，归根到底，只是劝人戒酒，费如许大气力，该骂乎？不该骂乎？细细想来，不怪他们不读书，反怪他们读书太多，囫囵吞枣，一团茅草乱蓬蓬，塞的肚皮里推廓不开，若以秦火燔而空之⑥，亦是一快！或曰："板桥亦是秀才出身，因何不骂？"因为板桥生平读书而外，只识得寒而思衣，饥而思食，倦而睡觉，病而服药，凡举动饮食之间：坐，不必端正之席⑦；吃，不必割方之肉⑧。免被唾骂，或者在是。老弟疑我好辩乎？我岂好辩，亦自觉可怜而不得不说焉。幸老弟有以教我。

【注释】

①尤：怨恨，归咎。
②臌病：肚子胀起的病。
③中式：科举考试合格。
④经济：经世致用的学问。
⑤阴骘（zhì）：阴德。
⑥秦火：史传秦始皇曾焚书坑儒。燔（fán）：焚烧。
⑦端正之席：《论语·乡党》："席不正不坐。"
⑧割方之肉：《论语·乡党》："（肉）割不正不食。"

【赏读】

潘桐冈是板桥旅食扬州时的朋友，精于刻竹，靠技艺谋生，穷困不遇。板桥曾在《赠潘桐冈》诗中说："天公曲意来缚絷，困倒扬州如束湿。"

板桥此信主要内容是嘲讽秀才，有些语句非常辛辣，如"一篇腐烂文章，侥幸中式，即如小儿得饼，穷汉拾金，处处示人阔大，却处处露其狭窄，处处自暴丑陋"。接着，板桥又叙说了自己在寒、饥、倦、病、坐、吃诸方面与这些酸腐秀才的不同之处,"老弟疑我好辩乎","幸老弟有以教我",显然,他认为自己种种离经叛道的观点是会得到意气相投的朋友的首肯的。

范县署中寄吕楚生

板桥好饮,而楚生不爱酒;楚生嗜赌,而板桥不喜赌。两人之癖嗜不同,而交情深密,十年如一日,未尝有一毫改变也。足下自入都门,忽已年余,不见片纸飞来,岂日日沉湎于赌博,将故人置诸度外?前日齐生南归,转道来署,备知老弟近况,不谓板桥臆料,竟然中的[①]。有味哉,楚生之赌博也!齐生谓老弟近来愈耽于赌,赌兴更豪,尝一夕负五百金,赌兴不衰。骇杀人哉,楚生之豪赌也!

赌博,古时已有。《南史·王僧虔传》:高祖素善书,笃好不已。尝与僧虔赌书数十纸,而不能判高下。高祖问谁是第一?僧虔对曰:"陛下书帝王第一,臣书人臣第一。"高祖大笑。又羊玄保善弈,棋品第三。宋文帝与赌郡,玄保戏胜,即以补宣城太守。此亦豪赌也。赌之为类不一,古有赌书、赌诗、赌酒等,皆出以偶然为戏,迨后以钱财相赌,品斯下矣。我友杭大宗世骏,性最好赌,不负不肯止,或劝之,迄不少悟^②。尝预制皮衣一袭，备寒冬需用。衣未着身，已因赌而质向长生库中^③。人有非笑之者，大宗不顾，曰：惟赌最乐，衣服与我何预哉？然大宗卒因此贫乏。赌之为害，可不惧怕？老弟年华壮健，才力过人，正当有为之时，不宜沉迷此中，消磨其英锐之气。丈夫得意，来日方长，一举高飞，前程可卜。何可辜负光阴，耗财丧志，令读书辛苦功夫，尽抛荒于此道中乎？板桥见人赌博，自家肚里也曾打算过^④，假令赌博而能发财起家，天下商贾将尽行绝迹。我只见举债无台，典质无物，因好赌而败者比比也^⑤。老弟尝劝板桥戒酒，而板桥不听，我今还以相劝，亦明知老弟未必见听。但劝而不听，总比默然不劝者稍胜，故强学一回道学先生，劝说几句正经话。若老弟以我言为放屁，则亦算他放屁可耳。

【注释】

①中的：正中目标。

②迄：始终。少：稍。

③质：典押。长生库：典当之所。因典当行可以源源生利，故名。

④自家：自己。

⑤比比：到处，处处。

【赏读】

此信是朋友之间的劝赌书。

吕楚生是板桥的旧友,两人"癖嗜不同,而交情深密"。然而,楚生自入都后,年余不通音信,板桥怀疑他沉湎于赌博。事实证明果然,"骇杀人哉,楚生之豪赌也"!

接下来,板桥就层层剖析。首先引经据典,说明"赌博,古时已有",又引朋友中杭世骏之豪赌致贫为例,说明"赌之为害,可不惧怕?"而后开始对楚生进行规劝。规劝分两层,一层是正面劝诫。楚生正当年轻有为之时,不宜辜负光阴,"令读书辛苦功夫,尽抛荒于此道中"。一层是反面劝诫。承认自己曾经动过赌博念头,但又想到"假令赌博而能发财起家,天下商贾将尽行绝迹",见到"好赌而败者比比",于是乎打消念头。最后,板桥说,"老弟尝劝板桥戒酒,而板桥不听,我今还以相劝,亦明知老弟未必见听",全文苦口婆心,又充满了浓郁的人情味。

范县答无方上人

大师不忘故人，远道贻书问讯，至诚可感！燮宰此土①，两更寒暑，疏放久惯，性情难改。因此屡招物议②，曰酒狂，曰落拓，曰好骂人。所幸贪墨二字，未尝侵及我身半点也。所闻参劾云云，不为无因。燮近来未改其常，心中亦无烦恼，饮酒如故，作画如故。如其真个去官，抵桩掷去乌纱③，还我乡里而已。大师于孙公家见燮所画竹石横幅，因印文有"徐青藤门下走狗"字样④，以为太不雅观。大师何不达哉？世之营营扰扰，奔趋如狗者众矣。大师春秋七十，目所见，耳所闻，怪怪奇奇之行，数当不少，大师曾无一语以为怪，乃于燮印文中著一狗字，独惊异以为怪。何不怪世之营营扰扰，奔趋类狗者之行，而独怪印文中之狗字乎？世事纷纭，人情幻忽，人而狗行者，秦镜难穷⑤，温犀难遍⑥。人不如狗，莫说绝无，或者竟有。反之，狗胜人者，若古人文集中所记义犬，见非一见，所谓顽奴黠仆，破家陷主，其不及狗也多矣！燮平生最爱徐青藤诗,兼爱其画,因爱之极,乃自治一印曰"徐青藤门下走狗郑燮"。印文是实,走狗尚虚,此心犹觉慊然!使燮早生百十年,而投身于青藤先生之门下,观其豪行雄举,长吟狂饮,即真为走狗而亦乐焉。山阴童钰诗曰:"尚有一灯传郑燮,甘心走狗列门墙。"今为大师诵之,不知再以为怪否?

【注释】

①宰:主政。

②物议:批评,众人的议论,多指非议。

③抵桩:准备,打算。吴方言。

④徐青藤:徐渭,字文长,晚年号青藤道士。明代山阴(今浙江绍兴)人。工诗文,擅画花卉。

⑤秦镜:传说秦始皇有方镜,广四尺,高五尺九寸,能照见人体之疾病及人心之善恶。后人称颂断狱清明者曰秦镜高悬。

⑥温犀:传说晋温峤曾燃点犀角,照见牛渚矶水下的怪物。后以温犀比喻洞察一切的才识。

【赏读】

无方上人初住江西庐山,后北至京师瓮山,住瓮山寺。板桥游庐山时与之结识。乾隆七年(1742),板桥为范县令。此信云"燮宰此土，两更寒暑"，应为乾隆九年所作。

无方上人是作者的诗友，来信大约关心板桥的近况。因为板桥行事"屡招物议"，别人攻击他"酒狂""落拓""好骂人"，无方上人担心朋友遭到"参劾"。对此，板桥回应："饮酒如故，作画如故。如其真个去官，抵桩掷去乌纱，还我乡里而已。"十分平淡而坦然。此外，无方上人见到板桥刻制了一方"徐青藤门下走狗郑燮"的印章，以为太不雅观。这又引发了板桥一大段"人不如狗""真为走狗而亦乐焉"等等嬉笑怒骂、痛快淋漓、精彩绝伦的文字，板桥声口，活灵活现！

潍县署中寄胡天游

人生不幸,读书万卷而不得志,抱负利器而不得售,半世牢落①,路鬼揶揄,此殆天命也夫!稚威旷代奇才,世不恒有,而乃郁郁不自得,人多以狂目之,嗟夫!此稚威之所以不遇也。虽然,以子之才,不遇何伤,子所为诗文,早已竞传于众口,名公巨宦,大人先生,诗坛文场之中,莫不知有山阴胡天游者。子即不遇,而子之才不因不遇而汩没也②,子何郁郁为?

近闻子有北游之讯,且将历燕赵,出居庸,至辽沈,绕海道而归,归而遁迹山中,著书立言以终老,子之志何其壮而悲凉乎!辽沈为我朝龙兴之地,山川雄浩,实生异人。以子之旷代奇才,将所经所历者发而为诗歌,写而为文章,我知异日必有胜过《秋霖赋》《孝女李三行》之绝作出现。板桥不死,定有摩挲双眼快读奇篇之一日焉。赠诗一章,为吾子壮其行色,祈赐观览!

【注释】

①牢落：无所寄托貌。
②汩（gǔ）没：埋没。

【赏读】

这封信是乾隆十一年（1746）板桥调任潍县令以后所作。胡天游，字稚威，浙江山阴人，工骈文，诗亦雄健有奇气，是板桥的朋友。

此信的目的有二。一为安慰。因胡天游科场不利，板桥认为，虽然"不遇"，但胡天游名声在外，"子之才不因不遇而汩没也，子何郁郁为"！一为勉励。因为胡天游将要"归而遁迹山中，著书立言以终老"，于是板桥认为以胡天游这样的"旷代奇才"，努力著述，必将取得不朽之成就。在信末，板桥甚至说："板桥不死，定有摩挲双眼快读奇篇之一日焉。"

应该说，情发衷肠，辞气慷慨，是此信最大的特点。

潍县署中寄黄瘿瓢

足下因钟馗出处无据,故坚拒孔公之请,却还其金与纸,不愿作此荒唐画,此画家之审慎也。乃孔公不加细察,迁怒于足下之身,危言相逼,饰词中伤,竟欲置人于死地,毒哉孔公,手段何若是其辣乎!画虽小道,然于诲淫诲盗,败坏纲常名教,牵引人心,或涉离奇怪妄,事无考据者,本不当昧然下笔,惹人讥嘲笑骂,自贻其辱。钟馗既无其人,斩鬼更无其事,如何著墨?足下拒之,情真而理合也。罗两峰善画鬼趣[①],凭空落墨,任情设境,千态万状,兴趣兼到。画非不佳妙,而人有好之,亦有非之者,正以其荒唐无稽故耳。有一种蔓生之菜,叶圆而厚,名曰蓣葵。故《考工记》云:"大圭长三尺,杼上终葵首。"盖言圭首圆而厚如蓣葵,齐人谓椎为蓣葵,又因其音而广之,遂以蓣葵讹为钟馗焉。世俗不察,悬空冥构一神像,铁面虬髯,幞首长袍,手执一椎以击鬼,状殊狰狞可怕。文人之好事者,又架空楼阁,戏为之立一传,谓为开元进士，刚正不阿，严而有威，忠贞而死，死后为神，善啖鬼卒。悬其像于堂中，足使诸邪退避，辟除不祥。相沿既久，习而不察，钟馗神遂即真矣。其实皆文人寓言，何足为据。足下禀无稽不画之旨，不因金多而动心，不以威逼而屈志，毅然拒却，是真气骨崚嶒②，见识远大，画师中之铮铮者。燮虽欲不为拜倒，不能也。今日因威力与陷阱交逼，为图自保，不得不遁而去之。然有知之者，必不谓足下畏怯而潜踪，皆曰远害而高飞，微特清名不损③，大笔之流传，且因此而益高贵，得不谓之画以人重乎。黔中多炎瘴，伏维珍摄自爱！燮顿首启。

【注释】

①罗两峰：罗聘，字遯夫，号两峰，江苏甘泉（今扬州）人。金农入室弟子，"扬州八怪"之一，自称能白昼见鬼，善画鬼趣图。

②崚嶒（léng céng）：高峻突兀貌，亦用以形容人品高尚，坚贞不屈。

③微特：不只，不但。

【赏读】

黄瘿瓢即黄慎。黄慎，福建宁化人，字恭寿，号瘿瓢子,"扬州八怪"之一,是板桥的好朋友。

此信的主旨是声援。有个富豪孔公要黄慎画钟馗,黄慎不愿作此荒唐之画,于是还金坚拒。殊不知,孔公竟"危言相逼","竟欲置人于死地"。板桥拍案而起,进行声援,认为"足下禀无稽不画之旨,不因金多而动心,不以威逼而屈志,毅然拒却,是真气骨峻嶒,见识远大,画师中之铮铮者"。无疑,板桥与黄慎的思想共鸣,是建立在迥异流俗的个性和品质上的。

然而,如果不考虑孔公的仗势威逼,画不画鬼类,还真是一个艺术取舍问题。这方面,板桥就以罗聘为例,指出"人有好之,亦有非之者"。当然,这与黄慎坚拒孔公,应该不可同日而语了。

潍县署中再寄李复堂

署后有小园半亩，结构甚妙，中一池如掌大，池中多栽芙蕖，应时作花，清香四溢。傍通一小径，径边杂花浅草，相间互映，亦有清趣。小楼一间跨水上，楼中仅可坐四五人，安置一几一炉，文房用具，四面开窗牖，身处其中，尚觉光亮。凭窗望朝霞夕晖，岚光峰影，水色波纹，莫不愉快。公退之暇，每登楼科头袒跣[①]，偃卧其中，薰风南来，胸襟爽朗，不欲复问人间事。越半个时辰，襟怀既爽，意兴自来，乘时而起，铺纸研墨，拈毫画大幅之竹，以寄我故人李鱓。想此画到得江南时，知了已叫于树杪，炎炎长夏，对此翛翛之竹[②]，亦可助我故人涤烦却暑，何况画中竹与水相间乎。板桥作大幅竹，每好画水，因水与竹性相近也。少陵诗云："映竹水穿沙。"又云："懒性从来水竹居。"此亦为水竹之一证。渭川千亩，淇泉菉竹，西北且然，况潇湘云梦之间，洞庭青草之外，何在非水，何在非竹也？板桥少时，读书真州之毛家桥，日在竹中闲步,潮去则湿泥软沙,潮来则溶溶漾漾,水浅沙明,绿荫澄鲜可爱。时有鲦鱼数十头③,自池中溢出,游戏于竹根短草之间,至足乐也!斯地斯情,犹依留于我之心上,而少年不再,此乐难逢,画事既竣,不禁惝恍若有所失④。故人画艺高超,笔精墨妙,兰竹尤工。读此札,观此画后,不知作何感想?

【注释】

①科头:结发不戴冠。袒:裸露。跣:赤脚。

②翛翛(xiāo xiāo):犹萧萧。象声词。谢朓《冬日晚郡事隙》诗:"飒飒满池荷,翛翛荫窗竹。"

③鲦(tiáo)鱼:小白鱼。

④惝恍(chǎng huǎng):失意貌。

【赏读】

"扬州八怪"之中,板桥与李鱓(复堂)交谊最厚,他们是兴化同乡,板桥在人生道路上也对李鱓多所取法。此信是板桥担任潍县令以后与老友谈心的信件。

此信是一篇非常优美的散文。第一层写潍县署中的景致,写位置经营以及景物变换,纹丝不乱而情味隽永。"公退之暇",笔头一转,写薰风南来,自己登楼偃卧之畅快。此时"乘时而起,铺纸研墨",作画"寄我故人李鳕"。于是自然引出了写信对象。

第二层自然而然摹写故人所居的江南风景。那也是板桥魂牵梦萦的故土。因李鱓也是画家,所以结合画事,回忆江南烟水,笔墨潇洒写意,别具情致。结尾云:"故人画艺高超,笔精墨妙,兰竹尤工。读此札,观此画后,不知作何感想?"在一片情思摇曳中作结。

寄无方上人

南天北地,怀想为劳,寒暑迭更,杖锡不降①,岂北地风光,胜过江南春色乎?惟德行更隆,禅座清悦,定遂私祝!燮自解组归来②,瞬经一载,家门和顺,儿子无乖③,晚年如此,亦足自慰。近日延光庵新来一僧,自号郎乘,弥陀不拜,赌博是耽,眼高于顶,目空一切。奔走官府衙门,出入缙绅府第④,气派浩大,势焰凌人,问其来历,莫能详晓。或谓安陵公曾拜此僧座下,为其弟子,此僧靠山稳固,有恃无恐,故架子阔大,行为无所顾忌耳。空穴来风,或非无因,安陵而有此方外之师,则其为人亦可知矣。板桥昨遇此僧于许公席上,终席未交一语,聆其言,则某太守相交至深,某孝廉为其弟子,某观察后日寿辰,彼必赴祝,昨在某姓家中,因赌负二百四十金,改日再往,则拟背城一战,赢回其所负之数焉。一派言词,塞得我两耳污胀难忍,几欲效巢父临河而洗⑤。幸酒席已阑,主人送客,始得清静。延光庵素为高僧焚修之所,梵宇清幽,赞在人口。今此僧一到,必致菩萨低眉、庵容失色无疑也。特告大师,想当悲悯!

【注释】

①杖锡:执持锡杖,这里指僧人云游。锡杖,僧人所用法器。

②解组:辞官。组,佩系官印的丝带。

③无乖:没有什么不顺。

④缙绅:士大夫。

⑤巢父:传说为尧时隐士。尧以天下让之,不受;又让许由,亦不受。临河洗耳事,属许由所为,但据三国时人谯周《古史考》,谓巢父即许由。殆即郑氏所本。

【赏读】

乾隆十八年(1753),六十一岁的板桥辞官归里,这封信是第二年他写给朋友无方上人的,可以当作世俗人物特写来读。

信的开头是客套,盼望羁留北地的朋友能南下以解念想,然后转入正题,介绍近日延光庵新来的一个恶俗和尚。这个和尚不拜佛念经,整天赌博,"奔走官府衙门,出入缙绅府第,气派浩大,势焰凌人"。板桥曾在别人的席上得会此僧,听到他一派胡说,板桥恨不得临河洗耳。文章很短,但是这个恶僧的形象却跃然纸上了。

与卢雅雨

燮来山中时,秋风飒爽,黄菊绽英,正是一个好天气。乃曾几何时,已山寒云暗,木叶飘零,露冷霜严,转入隆冬之候,天时如是,人亦何独不然。少而壮,壮而老,而头童齿豁①,而骀背龙钟②,春秋迅逝,荒草一坯。今日之黯淡冬容,固昔日之烂漫好春焉,天地依然,而景色大异矣,能不感叹!恭维我公勋高德茂,业崇望隆,杖履清佳③,山居遥祝!

兹有布衣傅雯,字凯亭,闾阳人,精指头画,山水人物,生动妙肖,气韵不凡。且园先生而后第一人,非野狐参禅,江湖粥艺之伦,燮心赏久矣。前来扬州,因倾慕我公盛德,特谒高衙,阍人不识④,挠阻之不为启白⑤,三谒三拒,嗒然而退⑥。傅雯今来山中,述说前事,燮为太息⑦,特具一笺,为之先介⑧。雯如再来,伏乞开阊而纳之,一观妙艺,以证燮言。

窃念本朝风雅一席,自新城王公以后,六十年来,主者无人,广陵绝响,四海同嗟。天降我公,以硕德峻望，起而继之，且又居东南之胜地，掌财赋之均输，书生面目，菩萨心肠，爱才如命，求贤若渴。宜海内文士，天下英奇，来归者如晨风之郁北林，龙鱼之趋薮泽也。我公玉尺在手，因材而量，凡有一艺之长，不使无门向隅，登之座上，洗其酸寒。世有大贤，士无屈躓⑨，若孟尝庸陋⑩，犹未敢以方贤者也。燮性孤兀⑪，素不为人轻介，今因折赏其艺，情不自持，代具一笺，非为傅雯怀艺无闻而惜，实为大贤遗才而动也。推臆陈辞，惟希明鉴！

【注释】

①童：秃。豁：缺。

②骀（tái）背：驼背。龙钟：老态。

③杖履：扶杖漫步。杜甫《祠南夕望》诗："兴来犹杖履，目断更云沙。"也用作对老者的敬称。

④阍人：守门人。

⑤启白：禀告，通报。

⑥嗒（tà）然：懊丧貌。

⑦太息：长叹。

⑧先介：事先推荐。

⑨屈躓：指屈才困穷之人。

⑩孟尝：孟尝君，战国时代齐国贵族。姓田名文，以好

客著称，门下食客至数千人。

⑪孤兀：孤傲清高。

【赏读】

这是一封为人说项的推荐信。卢见曾，字抱孙，号雅雨山人，山东德州人，工诗文，性度恢廓，官至两淮盐运使。板桥卖画扬州，尝与之游。

信的开头向卢描述近况。虽说这是套话，但在板桥笔下，身体的衰败与隆冬的景色融合，适足令人感叹。

推荐信写得很委婉，层次井然。首先，板桥介绍推荐对象布衣傅雯，断言他的指头画是"且园先生（高其佩）而后第一人"，而此前傅雯想拜谒卢见曾，却被门官"三谒三拒"。因此，板桥特写信推荐，请卢"开阁而纳之，一观妙艺"。接下来，板桥施展缓颊说情的生花妙笔，先是恭维，说卢见曾是六十年才一见的广陵风雅领袖。其次重点说卢"书生面目，菩萨心肠，爱才如命，求贤若渴"，引入了天下文士来归的正题。最后曲终奏雅，郑重托出自己推荐布衣傅雯的初衷："非为傅雯怀艺无闻而惜，实为大贤遗才而动也。"

答紫琼崖道人

自别朱门,迭更寒燠①,风尘俗吏,屡因为米折腰,劳劳山左②,究何补于国计民生。可怜哉,俗吏之俗也!一经解组③,如释重负,徜徉山水,寄情诗酒,脸庞儿反比旧时肥。岂天生顽材,只许以如此用耶?举头梁月,低头江波,正值相思,忽颁锦翰④,野人落拓⑤,尚劳怀念。金石之交,真愈久而弥坚也。畅慰何极!承以燮为扬州人,下问扬州故实,并及杜舍人诗中二十四桥⑥,辄就所知,敢告大略。扬州在唐时最为富盛,繁华壮丽甲天下,每夕妓馆燃绛纱灯数万,灯红酒绿,笙歌达旦。一夕灯烛之费,人得之即可致富。旧城南北十五里,一百一十步;东西七里,三十步,有二十四桥。最西浊河茶围桥,次东大明桥。入西水门有九曲桥,次东正当帅衙,南门有下马桥,又东作坊桥。桥东河转向南,有洗马桥,次南桥,又南河师桥,周家桥,小市桥,广济桥,新桥,开明桥,顾家桥,通泗桥,太平桥,利国桥。南水门有万岁桥,青园桥。自驿桥北，河流东出，有参佐桥。次东水门东出有山光桥。又自衙门下马桥直南，有北三桥，中三桥，南三桥，号九桥，不通船，不在二十四桥之数。一说出西郭二里许，有小桥，朱栏碧甃，题曰"烟花夜月"，相传即为二十四桥旧址。盖二十四桥只是一条桥，尝会集二十四美人于此，故名。或谓杜舍人之"二十四桥明月夜，玉人何处教吹箫"，即指此桥。总之，年代久远，名迹荒圮，郡志中如此说，实不能起古人而问之，今人也只好如此说说而已。

【注释】

① 迭更寒燠：指一年。寒燠，犹寒暑。

② 山左：指山东。因在太行山之左，故云。

③ 解组：辞官。

④ 锦翰：对别人书信的敬称。

⑤ 落拓：落魄。

⑥ 杜舍人：唐代诗人杜牧，曾官至中书舍人。其《寄扬州韩绰判官》云："青山隐隐水迢迢，秋尽江南草未凋。二十四桥明月夜，玉人何处教吹箫？"

【赏读】

紫琼崖道人即紫琼崖主人，是康熙皇子允禧号。允禧在乾隆时被晋封为慎郡王，官宗室左宗正。平生酷爱诗画，喜近文士，遇板桥甚厚。这是一封别致的书信，堪称宣传文史知识的"科普"文。

开头一层写与紫琼崖主人分别后出仕和解组的简况。第二层写得到来信的欣悦，感到"金石之交，真愈久而弥坚也"。

接下来进入主题。因为板桥是扬州人，于是紫琼崖主人向他询问杜牧诗中的"二十四桥"。板桥"辄就所知，敢告大略"。

枝上村寄金寿门

　　板桥住在此间，每日饮酒作画，晓而夕，夕而晓，屈指算算，不觉已过一月光阴。主人待我太好，食宿并不要自家照顾，有时恍恍惚惚，只道住在自己家里，直到主人入来，闻了他声音，见了他面孔，始知此身是客。糊涂！可笑！昔人有云，四时之景，无过初夏，老青嫩黄，俱作香气，亦不辨其为何香也。每至雨后初霁，是时晓烟将收，红日未挂，如昭仪出浴，倍觉秀媚撩人。人行蹊中①，面面皆收寒绿，心神旷然。初夏之景，能说不可爱乎？此间主人好佛，满肚慈祥，一身雅骨，于当今名书画中，尤喜金农笔墨②，爱君之画，过于珠玉。尝谓此间陈设，犹有缺憾，苟得金农画一佛像，居中供养，佛光名笔，两相辉映，虽朝夕焚香顶礼，不辞劳也。主人好客，待客胜于家人，板桥身已尝之，当不谓诳。金农来乎？初夏清和，村居邕适③，临窗挥汗，亦称至乐。莫待炎日燠蒸④，蝉鸣树杪，剖瓜挥汗时挥翰，已有负此佳胜矣。金农来乎？

【注释】

①蹊:小路。

②金农:字寿门,号冬心先生。清代书画家,"扬州八怪"之一。

③甹适:畅适。甹,通"畅"。

④熇蒸:热气升腾。

【赏读】

这是一篇饶具风趣的"招隐书"。作者与金农是好友,这一点从书中直呼其名就可以看出。

从开头到"糊涂!可笑"是第一层,写主人之殷勤待客,而这种殷勤又是从客人的感受来落笔的。这当然是有力的召唤。第二层从"昔人有云"到"能说不可爱乎",写小村初夏之景,体物贴切,用笔清新。这也是有力的召唤。第三层从"此间主人好佛"到"金农来乎",用主人雅好金农的佛画,以引起金农的愉悦。这也是有力的召唤。第四层到信末,写炎夏将临,时不我待,又一次有力地召唤:"金农来乎?"